PODEROSO

WOLF RANCH
LIBRO 8

RENEE ROSE

VANESSA VALE

ISCRIVITI ALLA NEWSLETTER DI VANESSA VALE

Unisciti alla mailing list per essere informato per primo su nuove uscite, libri gratuiti, premi speciali e altri omaggi dell'autore.

http://vanessavaleauthor.com/v/db

ISCRIVITI ALLA NEWSLETTER DI RENEE ROSE

Iscrivetevi alla newsletter di Renee per ricevere scene bonus gratuite e notifiche riguardo a nuove pubblicazioni!

https://www.subscribepage.com/reneeroseit

REGOLA DEL BRANCO #8: MAI MENTIRE ALLA PROPRIA COMPAGNA.

Io ho infranto quella regola il giorno in cui mi sono presentato alla sua porta.

Ho giurato di proteggere la mia specie da qualunque genere di minaccia.

In quanto umana, lei ha pensato che mi trovassi lì per qualche motivo amichevole.

Non sapeva che il mio scopo era eliminare il suo capo mutante.

Non sapevo che avrebbe rivoluzionato il mio mondo.

Una vampata del suo odore e mi sono perso. No... *ritrovato.*

Non potevo andarmene senza di lei. E così, sono rimasto lì tutta la notte. L'ho fatta innamorare di me.

Ma lei non sa che cosa sono. Che cosa ho fatto.

Non sono soltanto un dipendente del ranch: sono un sicario mutante.

I minuti passano e io devo portare a termine il mio incarico.

Devo conquistare il cuore della mia compagna e rivendicarmela prima che le menzogne mi distruggano.

Prima che scopra che cosa sono e che cosa ho fatto.

O cosa farò per tenerla al sicuro.

E *mia.*

1

JOHNNY

«L prima uccisione è la più difficile,» disse Clint Tucker incombendo sopra il cadavere.

A terra c'era il mutante ribelle a cui avevamo dato la caccia su richiesta del Consiglio dei Mutanti. Dopo una seduta, l'avevano condannato a morte perché era la feccia peggiore di tutte. Si era meritato di morire.

Ma Clint si sbagliava: non era stato difficile affatto.

«Ha ucciso la sua compagna,» dissi io, sebbene Clint conoscesse la storia. «Hanno litigato e... lui l'ha fatta fuori.» Scossi la testa, e passandomi una mano sulla faccia mi resi conto che era insanguinata.

Fantastico.

«E i cuccioli,» aggiunse Clint. «Si erano nascosti sotto la veranda. Hanno sentito tutto.» Sputò sul corpo. «Inutile. Sono usciti solo dopo che lui si è allontanato in macchina. Hanno trovato la loro madre con un foro di proiettile in testa. Hanno chiamato il loro alfa.»

«Hanno fatto la cosa giusta,» replicai io.

Nemmeno Clint provava il minimo rimorso per aver abbattuto quel tipo. Aveva una compagna e una bellissima figlia piccola, Lily. Non si sarebbe fermato di fronte a nulla pur di impedire che accadesse loro qualcosa di male.

Lui annuì. «Infatti. Quando sarà il momento che Lily trovi un compagno, l'accoglierò alla porta con le mie pistole e i miei proiettili d'argento.»

Non trattenni una risatina, perfino in un momento del genere. Ci trovavamo da qualche parte immersi nei Monti Bighorn a ovest di RanChestnut, Wyoming. Avevamo rintracciato quel tipo fino a lì dai terreni del suo branco nel North Dakota.

Era mattina presto, un'ora prima dell'alba. L'aria era fredda e il vento soffiava tra i pini. Non smetteva mai di soffiare, là fuori, e aveva segnato la fine per quello stronzo. Avevamo sentito il suo odore a miglia di distanza.

«Questa non è la mia prima uccisione,» ammisi. Era la prima da sicario, però, quando era approvata. Tuttavia, mi ero già macchiato le mani di sangue in passato.

Lui sollevò lo sguardo dal cadavere per incrociare il mio. La luna stava calando, ma riuscii comunque a scorgere la sua espressione interrogativa.

«Ho già ucciso un tipo,» ammisi.

Lui spalancò gli occhi, ma non reagì in altro modo. Era un tipo tranquillo. «Merda, Johnny.»

«Avevo diciott'anni. Siamo andati ai Giochi del Branco con nostra mamma, organizzati dal suo vecchio branco. C'era un mutante, lì. Si è interessato a mia sorella.» Pronunciai con sprezzo quell'ultima frase perché mi rendeva ancora furioso.

«Compagno?»

Scossi la testa.

Se per lui era strano sostenere quella conversazione sopra un cadavere, non lo dava a vedere. In quanto sicario in pensione, aveva visto di tutto, ne ero certo. Si era allontanato dal suo lavoro quando aveva trovato Becky, la sua compagna umana. Non fosse che si era offerto volontario di accompagnarmi in quell'incarico visto che eravamo compagni di branco ed era il primo per me.

Ora che Clint aveva chiuso, io ero il nuovo sicario del branco dei Wolf. Rob Wolf conosceva il mio passato e si era offerto volontario di accogliermi quando mi avevano esiliato dal mio branco natio. Sapeva cosa avevo dentro. Una vena protettiva. Una vena crudele. Diamine, probabilmente un sacco di oscurità. Ecco perché ero stato scelto per la posizione da sicario. A parte non avere una compagna e l'essere giovane.

«Che è successo?»

«Pensavo che anche lei fosse interessata a lui. Forse lo era, forse no. Tutto ciò che so è che l'ho beccato a molestarla nel bosco,» dissi a denti stretti. Avevo assistito a qualcosa di peggio, ma non c'era bisogno che lo dicessi a voce alta. «L'ho fermato, ma...»

Ci ripensai, ricordai di averci visto rosso, il rosso che era diventato quello del suo sangue che impregnava il terreno. «Sono andato troppo oltre.»

Lui mi diede una pacca sulla spalla. «Proteggere i più deboli è il segno di un buon alfa. E per fare il sicario devi essere disposto a spingerti oltre. È l'unico modo per fermare un mutante che ha preso la strada sbagliata.»

Io mandai giù il nodo che avevo in gola. «Già. Aveva preso la strada sbagliatissima, cazzo.»

«Sarai un ottimo sicario. Lo *sei*.»

Abbassai lo sguardo al ricordo di ciò che mi avevano fatto dopo l'uccisione. Mi avevano cacciato dal mio branco. Mi avevano separato dalla mia famiglia. «Quell'uccisione non era stata approvata.»

Lui fece spallucce. «E allora? Se stava facendo del male a tua sorella, significa che probabilmente l'aveva già fatto con altri e ne avrebbe feriti ancora in futuro.»

Clint era stato un sicario nato. Perfetto per proteggere il branco e dispensare la giustizia che il Consiglio elargiva. Aveva lavorato a stretto contatto con Levi, un altro mutante e membro del branco dei Wolf, che faceva lo sceriffo a Cooper Valley. Insieme, erano degli ottimi protettori non solo per i mutanti della comunità, ma anche per gli umani. I loro ruoli insieme erano cruciali per tenere al sicuro noi e il segreto della nostra specie. Anche il fatto che la sua compagna fosse umana dava una mano, e che Lily fosse entrambe le cose. Era perfetto.

Ora io avevo assunto il ruolo di Clint ed ero già amico di Levi. Tuttavia, dubitavo di essere adatto a quella posizione. Forse ero troppo bravo. Troppo oscuro per quel ruolo.

«Mi sono dovuto presentare al Consiglio.» Era stata un'esperienza spaventosa da morire.

«Ecco perché sapevano di te, dunque.»

Io risi, sebbene non fosse poi così divertente. «Già. La mia punizione è stata spedirmi al Wolf Ranch. Mi sono lasciato la mia famiglia alle spalle.»

«Il Wolf Ranch non è una punizione, ragazzino,» mi ricordò Clint. «Lo sai.»

Non lo era. All'epoca, avevo pensato di sì, ma ora sapevo altrimenti. Quel branco del Montana era piuttosto figo, cazzo. Forse avevo lasciato la mia famiglia col mio vecchio branco, ma ne avevo trovata un'altra tra i Wolf. Era casa mia, ormai.

«Tua sorella è al sicuro per merito tuo,» aggiunse lui.

Io abbassai lo sguardo su un altro mutante a cui era

piaciuto divertirsi con le femmine. Nemmeno lui avrebbe più fatto del male a qualcuno. Annuii.

«Adesso ha un compagno e due cuccioli,» dissi, pensando a Simi. Non riuscii a trattenere un piccolo sorriso orgoglioso.

Lui ridacchiò. «Bene. Pare che si sia lasciata tutto alle spalle.» Il suo sorriso svanì mentre mi scrutava. «E tu?»

Il vento mi scompigliò i capelli, l'aria fredda che mi asciugava il sudore. Mi ero lasciato alle spalle ciò che era successo a Simi?

Scossi la testa. «No. Decisamente no.»

Accucciandomi, frugai nelle tasche del tipo per privarlo della sua carta d'identità. L'avremmo lasciato lì, a chilometri di distanza dalla civiltà, lontano da qualunque strada. Ci avrebbero pensato gli animali a lui.

Sollevai lo sguardo su Clint. «Questo cosa mi rende? Pericoloso? Spietato? Non troverò mai una compagna con ciò che ho dentro.»

Lui si tolse il cappello, si passò una mano tra i capelli scuri, poi se lo rimise in testa. «La tua anima non è nera, ragazzino. Non l'hai condannato tu a morte. È stato il Consiglio. Tu stai solo applicando la loro decisione. Ricorda, c'è una minaccia in meno in giro per coloro che non sanno proteggersi da soli. Lo vedi. Lo sai.»

Io gli lanciai il portafoglio dell'uomo.

«Per quanto riguarda una compagna?» proseguì lui. «Hai visto che tutti gli altri al ranch trovano la propria.

Uno dopo l'altro. Perfino io. Capiterà quando meno te lo aspetti.»

Mi alzai. Non volevo continuare a parlarne. Avevamo portato a termine il nostro lavoro. Lui aveva ragione. Tutti gli altri al Wolf Ranch avevano trovato la loro compagna. Ma loro non erano assassini.

Io sì.

2

EMMA

Erano quasi le dieci di sera ed ero ancora al lavoro. Uffa.

«Emma, sbrigati! Non abbiamo tutta la notte.» Il mio supervisore, Stan, batté le mani mentre passava accanto alla mia postazione.

Stronzo.

Piegai la testa all'indietro e feci roteare il collo indolenzito.

Dio, quel lavoro era un incubo. Avevo pensato di aver trovato la posizione dei miei sogni quando ero stata assunta per creare gli effetti digitali a Hollywood. La mia laurea in design aveva dato i suoi frutti e vivere in una grossa città sull'oceano sarebbe stato un sogno.

Forse sarei stata *io* la gemella fortunata, una volta tanto.

Non mi era dispiaciuto fare tardi la sera. Non mi era dispiaciuto lavorare ottanta ore a settimana. Me l'ero aspettato. Ero sempre stata io quella più diligente tra me e mia sorella. Avevo immaginato di far parte di qualcosa di più grosso quando avevo accettato il lavoro. Invece, due anni e mezzo dopo, guadagnavo ancora lo stesso stipendio e facevo gli stessi orari. La mia autostima si era ridotta all'osso. Non ricordavo nemmeno l'ultima volta che avevo visto il Pacifico o qualunque cosa al di fuori delle pareti del mio ufficio.

Sarebbe stato diverso se avessi avuto la sensazione che il mio lavoro venisse rispettato o mi fosse riconosciuto qualcosa di ciò che facevo.

Ma non sarebbe mai successo, lì. Giorno dopo giorno della stessa vecchia routine logorante lo rendeva più che evidente.

Strinsi i denti e finii di creare la scena dell'esplosione che mi avevano chiesto di rifare cinque volte. Non perché avessi fatto nulla di sbagliato, ma perché qualcuno continuava a intromettersi con una visione diversa.

Ecco com'era l'industria del cinema. Era meglio non prendermela.

Oppure avrei dovuto, ma non ne avevo più le forze.

Il mio cellulare squillò e abbassai lo sguardo. Era Lyssa. Erano quasi le undici di sera nel Montana, ma lei era sempre una festaiola.

«Ciao, come va?» risposi.

«Come va a te?» Visto che eravamo gemelle omozigote, le nostre voci erano uguali, come tutto il resto di noi, ma la sua era carica di emozione ed entusiasmo. «Dimmi che non sei ancora al lavoro.»

Sospirai. «Non posso perché mentirei.»

«Sul serio? È domenica. Non hai un giorno libero da quanto? Sei settimane? Non è che ti paghino gli straordinari.»

«Senti da che pulpito,» borbottai io mentre continuavo a muovere le mani sul mouse e la tastiera per programmare gli effetti visivi così che si adattassero al nuovo aspetto avevano richiesto. Il monitor era enorme e occupava tutta la scrivania. Le luci erano spente. Non avevo finestre che dessero sull'esterno. Il mio spazio era una caverna digitale.

«Devi licenziarti.»

Me lo diceva da circa un anno e non sbagliava. Inizialmente, mi ero opposta al suo consiglio per il lavoro. Un lavoro nel campo che avevo desiderato. Un lavoro che pagava le bollette, sebbene non avessi il tempo di spendere i miei guadagni in altro. Diamine, entravo di rado nell'appartamento per cui pagavo l'affitto.

Dove mi aveva portata, però, fare la "brava ragazza"?

Assolutamente da nessuna parte. Ecco dove.

Ricevere la sua telefonata nel bel mezzo della mia piccola autocommiserazione non faceva che peggiorare le cose. Mi ricordava ciò che avrei potuto avere se non fossi stata la gemella responsabile. Avevo passato tutta la vita a essere proprio quello. La gemella noiosa. La gemella tranquilla. La gemella sciatta. La gemella introversa. La gemella secchiona. Abbinando qualunque aggettivo serio alla parola gemella venivo fuori io.

Nel frattempo, Lyssa, grazie alla sua vita erratica, selvaggia e folle, aveva sempre navigato nel lusso, nella facilità e nel divertimento. Passava di lavoro in lavoro, ma non aveva mai uno stipendio inferiore ai cinque zeri. Non lavorava mai nemmeno per ottanta ore alla settimana.

«Emma, sei al cellulare?» chiese Stan dall'altra parte dell'ufficio. «Non hai tempo di stare al telefono.»

«Oddio, ti sta urlando contro, adesso? Sono tipo... le dieci!» Lyssa se la prendeva per me. «Licenziati! Dico sul serio, Emma. Licenziati. Alzati e vattene e basta. Non ti succederà nulla di male, te lo prometto.»

Lyssa conosceva la mia tendenza a preoccuparmi. A riflettere troppo su tutto. Alla mia convinzione che se non avessi sempre fatto attenzione mi sarebbe successo qualcosa di brutto. La mia gemella era l'opposto. Lei non si preoccupava di nulla. Io avevo un'agenda e ogni secondo della mia vita aveva uno scopo mentre lei prendeva la vita alla leggera. Forse era per questo che aveva detto *non ti succederà nulla di male.* Sapeva che era ciò che stavo immaginando se avessi fatto come diceva lei e mi fossi licenziata.

Mi morsi un labbro, mai così tentata in vita mia. Avrei dovuto licenziarmi. Avrei dovuto farlo davvero. Ero infelice. Le mie uniche gioie nella vita a parte parlare con Lyssa erano mettermi a letto la sera e farmi una doccia calda la mattina, il che era deprimente da morire.

Quel lavoro mi stava uccidendo.

«Sto ancora lavorando, Stan. Posso lavorare e parlare insieme,» esclamai. Di solito non ero insolente. Doveva essere stata l'influenza di Lyssa.

O che fossi a un passo da un esaurimento nervoso. Presi la mia tazza preferita e vidi che era vuota. Merda. Mi serviva altro caffè.

«Dico sul serio riguardo al licenziarti,» disse Lyssa nel suo tono più aggressivo. «Dovresti venire nel Montana e scaricare tutta quella frustrazione.»

«Mmh.»

Era allettante. Davvero allettante.

«Il mio capo non c'è nemmeno,» proseguì lei. «Cioè, l'ho conosciuto. Mi ha fatto lui il colloquio. Ma va e viene. L'ultima volta che l'ho visto è stato due settimane fa e ha detto che non sarebbe tornato questo mese.» Il suo ultimo lavoretto era stato fare la custode di un ranch per un certo miliardario che possedeva un'enorme proprietà nel Montana. Visto che era la sua seconda o settima casa, il tipo, come diceva lei, ci stava di rado.

Che bel lavoro. Gestire gli addetti alla pulizia per un posto che non si sporcava mai. Riempire le dispense di una baracca piena di cowboy fighi... parola di Lyssa. Lei non ne sapeva nulla di cavalli. Nulla del... gestire un dannato ranch, non fosse che lo stava facendo. Senza un capo ad assillarla. O, da quel che sembrava, senza che nemmeno si trovasse nello stesso Stato.

«In realtà, io sono diretta a Ibiza con il Sultano di Arunai.»

Cosa? Il mio cervello si bloccò. *Sultano di Arunai?* SULTANO?

Io non ero in grado di uscire nemmeno con il tipo al bancone della sicurezza al piano di sotto e lei si era accaparrata un sultano? E dove diavolo si trovava Arunai? Se l'era inventato? Quel tipo le aveva mentito riguardo all'essere un sultano? Come si diventava sultani, poi? Intendeva Aruba?

Dio, io stavo pensando a tutti i probabili pericoli e Lyssa era tipo, *Figo. Facciamolo. Non m'importa se stai mentendo, scopi bene e io ho voglia di un viaggio gratis.*

«Cosa?» chiesi. «Ibiza?»

«Lo so!» rise lei. «Una pazzia, vero?»

Già, una vera pazzia.

«Quando avevi intenzione di dirmelo?» domandai.

«*Emma!*» urlò Stan. «Sei *ancora* al telefono?»

«È per quello che ti ho chiamata,» disse Lyssa.

Io scossi la testa, spazientita che mi stessero parlando due persone diverse.

«Per raccontarti la pazzia,» proseguì lei. «Vedi, era nel Montana per controllare un toro da corsa che sponsorizzava e ci siamo incontrati nell'unico ristorante della città.»

«Emma!» La voce di Stan fu più forte, quella volta.

«Abbiamo scopato e... be', ora lui mi porta in Europa sul suo jet privato!» La risata di mia sorella non rendeva nemmeno in parte quanto fosse incredibile e bizzarra quella storia. Perché la riteneva una cosa normale. Lei se la faceva con un tipo conosciuto in un ristorante. Poi, per capriccio, si faceva un giro dell'Europa in aereo con lui.

Io stavo per andare nella sala pause a prendere dell'altro caffè. Magari ci avrei messo un po' di quella crema alla nocciola. *Quello* era emozionante, per me.

Mia sorella era la persona più fortunata, più volubile e più selvaggia del mondo. Non ci metteva impegno in niente. Tutto le veniva servito su un piatto d'argento.

A chi *capitava* di imbattersi nel *Sultano di Arunai* in un ristorante nel *MONTANA* per poi farsela con lui?

Solo a Lyssa.

Io ero sempre andata sul sicuro e guarda dove mi trovavo. In un buco con un capo irritante che mi rompeva le scatole quando era quasi mezzanotte.

«Emma!» Stan era di nuovo sulla porta del mio ufficio. «Riaggancia e finisci quel maledetto effetto. Stiamo aspettando tutti te.»

Alzai lo sguardo e lo fissai. Lo odiavo. Odiavo il mio lavoro. Odiavo la mia vita.

Comportarmi bene non mi aveva portato da nessunissima parte.

«Sai una cosa, Stan?» Mi alzai dalla mia sedia, che si era rotta un anno prima e non potevo far sostituire. «Va' a farti fottere.»

Lui sgranò gli occhi perché non mi ero mai rivolta a lui in quei termini. Né a chiunque altro, se era per quello. «Oh, bene. Benissimo, proprio.» La faccia irsuta di Stan si fece rossa.

Lyssa mi incitò all'orecchio. «Vai così, ragazza. Diglielo. E ora vattene da lì.»

«Sono qui già da quattordici ore e ho fatto gli straordinari fino all'una di mattina ieri notte. Volevo solo sentire la voce di mia sorella mentre lavoravo sulle immagini di sfondo prima che lei lasciasse il Paese, ma tu te ne stai qui a farmi il culo.»

Wow, non avevo mai davvero nemmeno imprecato.

Era *bello*.

Spalancai il cassetto della scrivania e ne tirai fuori la mia borsetta. «Quindi sai che ti dico?» Cominciai a ficcare nella borsa gli oggetti sparsi nella scrivania. Dopo otto anni, non c'era molto, il che era davvero triste.

«No.» Il tono di voce di Stan era allarmato. «Non puoi andartene. Non prima di aver finito.»

In circostanze normali, mi sarebbe dispiaciuto per lui. Il suo problema sarebbe stato un mio problema e glielo avrei risolto, e lui se ne sarebbe preso il merito. Era così che andava con me. Io ero l'impiegata coscienziosa e responsabile. La sorella prudente. Ma 'fanculo. Non avevo un sultano che mi scopava e che mi portava in

Europa, ma non dovevo farmi fottere dal mio capo senza finire da nessuna parte.

«Ho chiuso.»

Lyssa esultò ancora un po'. «Esatto. Diglielo.»

Mi misi la borsa carica in spalla, presi la mia tazza vuota, tenendo ancora il telefono all'orecchio con l'altra mano, e lo superai varcando la soglia della mia caverna.

«Emma! Almeno finisci questo effetto!» esclamò lui mentre mi allontanavo.

Finire l'effetto? Non gli importava che mi stessi licenziando, solo che l'effetto non sarebbe stato portato a termine e che io ero l'unica in grado di farlo. Che si fottesse.

«Mi spiace, okay?» La sua voce divenne una stupida supplica. «Non avrei dovuto infastidirti per la tua telefonata! Torna indietro!»

Io sollevai la mano con la tazza e allungai il dito medio oltre la mia spalla mentre me ne andavo.

«Okay, mi sono licenziata,» dissi a Lyssa mentre lasciavo perdere l'ascensore e prendevo le scale. Sembravo un tantino eccitata. Lo ero. «Parliamo del Montana.»

3

JOHNNY

QUANDO ROB WOLF mi aveva detto di volere che facessi il sicario, non mi ero aspettato molto. Un lavoretto o due qua e là. I mutanti ribelli non erano poi così comuni. Aveva bisogno di me al ranch di famiglia. I cavalli non si nutrivano da soli. Nemmeno i recinti si riparavano da soli. Un posto delle dimensioni del Wolf Ranch aveva bisogno di cure a tempo pieno da parte mia e di un paio di altre persone. Clint, Wes, Joe, Colton e perfino Rob stesso.

Ma io ero ormai al mio secondo incarico da sicario nel giro di una settimana.

Quella volta, da solo.

Sembrava che Clint avesse parlato bene di me a Rob e che il mio alfa ne fosse soddisfatto.

Rallentai il mio pickup nel vialetto circolare e fissai l'enorme casa del ranch. Quel posto faceva sembrare il Wolf Ranch una catapecchia su una proprietà delle dimensioni di un francobollo.

La dimora di Mitch Chapman nel Montana era immensa. Decine di migliaia di acri immacolati e pittoreschi. Steccati di legno che contornavano l'intera proprietà per miglia lungo la strada proveniente dalla città. Fabbricati annessi tutti dello stesso stile, come una donna di classe che abbina camicetta, scarpe e rossetto dello stesso colore.

E la casa.

«'sti cazzi,» borbottai, abbassando la radio. La canzone country orecchiabile mi distraeva dalla mia osservazione.

Quel posto era fatto di travi e pietre di fiume. Enormi finestre. Un'ala destra e una sinistra. Era minimal, il che era ridicolo. Sapeva di copertina da rivista d'architettura. E di soldi.

Un sacco di soldi. Il tutto doveva essere mantenuto da uno esercito di gente. Mutanti, molto probabilmente, visto che Chapman lo era. Era il posto perfetto per correre con la luna piena, ancora meglio del Wolf Ranch. Ma sarebbe stato più facile per Chapman nascondere i suoi crimini da mutante a uno staff di umani ignari. Per me avrebbe funzionato.

Chapman, però, era straricco. Un miliardario. Poteva comprarsi chiunque.

Il Consiglio aveva indagato su di lui e aveva trovato abbastanza prove per trascinarlo in un processo. Prove di roba malata. Il rapporto che mi avevano dato diceva che era sospettato di traffico di femmine mutanti che si candidavano per lavori nelle sue varie aziende in giro per il mondo. Le attirava lontano dai loro branchi con la promessa di un lavoro che variava dalla capufficio alla contabile fino alla vicepresidente, ma poi venivano imprigionate e vendute al mercato nero come fattrici. Una era scappata e aveva raccontato cosa le era successo ed era stato l'inizio di quella grossa indagine. Ora sarebbe stato processato e, se trovato colpevole, sarebbe morto per i suoi crimini. Sempre che si riuscisse a trovarlo.

Ero stato assegnato al Ranch Acque Chete perché Chapman si era nascosto. Non lo si vedeva da due settimane. I sicari di tutto il Paese erano stati mandati alle sue varie case e uffici per cercarlo. Io ero il sicario più vicino a quel ranch nel Montana, per cui quella era la mia zona di ricerca.

Se l'avessimo trovato, ci era richiesto di portarlo davanti al Consiglio.

I tutori dell'ordine umani facevano le cose in maniera diversa. Chapman sarebbe stato arrestato, magari portato a un processo umano, ma i suoi soldi probabilmente l'avrebbero scagionato. Se così non fosse stato, sarebbe stato facile per un mutante evadere di prigione, cosa che non potevamo permettere.

Se fosse stato dichiarato colpevole, sarebbe morto.

Parcheggiai. Scesi dal mio pickup e mi misi in testa il cappello da cowboy. Sebbene non dovessi uccidere quel tipo, non mi fidavo di lui. Tuttavia, lasciai la pistola coi proiettili d'argento sotto il sedile, per il momento. Dovevo valutare la situazione prima di entrare con le armi cariche e spiegate. Dovevo capire chi si trovasse sulla proprietà e se mi avessero creato problemi. Se c'erano degli innocenti, umani o mutanti che fossero. Volevo farmi un'idea della disposizione della proprietà.

Avevo una copertura semplice: in quanto membro del branco più vicino, il mio alfa mi aveva mandato a contattarlo e a invitarlo a farci visita per una corsa con la luna piena quel mese. Era ragionevole e, se non fosse stato uno stronzo tanto viscido e pericoloso, ci sarebbe piaciuto ospitarlo.

Oltre la casa, il terreno scendeva in una lieve vallata nella quale scorreva un ruscello che si estendeva a perdita d'occhio da sinistra a destra. Fitti pioppi costeggiavano l'acqua creando una striscia di verde. Più in là, dell'erba veniva smossa dal vento su una prateria immacolata.

Era bellissimo.

Risalii il vialetto e suonai alla porta. Aspettai. Stavo per arrendermi e fare il giro della casa, quando l'enorme porta si aprì.

Sulla soglia c'era una donna che mi offrì un sorriso delicato. «Salve.»

Porca puttana, a proposito di cose bellissime. Capelli scuri, quasi neri, le scendevano lungo sulla schiena. I suoi occhi erano altrettanto scuri, distanziati e contornati da ciglia folte. Aveva gli zigomi alti, un naso all'insù e... porca miseria, delle labbra piene che sarebbero state fantastiche avvolte attorno al mio cazzo.

Era minuta, una ventina di centimetri più bassa di me, ma non fragile. Attraverso i suoi semplici jeans e la maglietta bianca con lo scollo a V, si scorgeva la carne che le ricopriva le ossa, curve che avrei potuto afferrare e cui mi sarei potuto aggrappare. Era... perfetta.

Non dissi nulla e mi limitai a fissarla, così lei piegò la testa di lato e aggiunse: «Posso aiutarla?»

Mi strappai il cappello da cowboy dalla testa, tenendomelo al petto. «Salve. Sono qui per vedere Mitch Chapman,» riuscii a rispondere.

Per un istante, lei sgranò gli occhi. «Mi spiace, non c'è.»

Non dubitavo delle sue parole. Sul suo viso si alternò una gamma di emozioni. Sorpresa, preoccupazione, e un accenno di interesse.

«Oh. Sa quando tornerà?»

Lei scosse la testa.

Chapman era sulla cinquantina. Lei poteva essere sua figlia? Non si accennava a una figlia nel suo fascicolo. Nemmeno a una compagna. Ragazza? L'idea mi fece venire voglia di rintracciare quel bastardo e di ucciderlo già solo per quello. Wow, questa mi era nuova, questa... aggressività. Perché ero attratto dalla mutante?

Appoggiai l'avambraccio allo stipite della porta per avvicinarmi un po' di più.

Lei non si ritrasse. Fece vagare lo sguardo sui muscoli del mio braccio per poi fissare di nuovo il mio viso. Allargò gli occhi e arrossì.

Io inalai a fondo e scoprii due cose insieme. Lei non era una mutante. Era umana. E – considerando la reazione istantanea del mio corpo al suo odore –era la mia compagna.

4

EMMA

Uʜᴍ, wow. C'era un cowboy molto figo alla porta. Camicia coi bottoni a scatto e tutto il resto. Stava flirtando con me?

Non avrei potuto saperlo, visto che non uscivo con qualcuno da... non lo sapevo nemmeno... due anni? Non sin da quando ero uscita con Josh, un altro tipo dell'azienda di produzione, per un paio di settimane. Praticamente, ce l'eravamo fatta una sera mentre lavoravamo fino a tardi e avevamo chiuso due settimane dopo, per cui non sapevo se si potesse anche solo considerare esserci uscita. Era stato patetico, con la P maiuscola. Tipo, patetico da zero orgasmi. Avevo dovuto procurarmi un orgasmo da sola nei pochi minuti disponibili prima che venisse lui... e se ne andasse.

No, il tipo che avevo davanti era fantastico. Un modello uscito dalle pagine della rivista *Uomini vigorosi*. Esisteva una rivista del genere? Se così non fosse stato, avrebbe dovuto esistere. Perché avrei potuto guardare cowboy come quello per *tutto. Il. Giorno.*

Sapevo che c'erano calendari sui cowboy. Lui sarebbe stato Mister gennaio. E febbraio. Ogni mese dell'anno.

Il ranch di Chapman era frequentato da uomini del genere? Non mi trovavo lì da abbastanza tempo da aver fatto un giro come si deve. Quel posto era enorme e io ne sapevo meno di nulla di mucche a parte che mi piaceva la carne a cottura media. Per quanto riguardava i cowboy, quelli mi piacevano *proprio*. Avrei convinto Lyssa a fare scambio di gemella con me come facevamo da piccole. Io ero stata bravissima in matematica e ci eravamo scambiate per tutti i suoi esami di precalcolo. Io sarei rimasta lì a svolgere il suo lavoro, che non mi sembrava poi così difficile o esigente, soprattutto visto che lei non c'era nemmeno. Poteva andare a spassarsela in qualunque avventura e io sarei rimasta a rilassarmi e sbavare addosso a questo bel bocconcino. Stando a Lyssa, Chapman veniva qui di rado. Non c'era nemmeno bisogno che qualcuno scoprisse che ero la gemella sbagliata.

L'uomo si appoggiò allo stipite come se avesse voluto avvicinarsi a me, e non mi ritrassi.

Certo che no.

Aveva muscoli sporgenti che la camicia non riusciva a contenere. Un accenno di barba gli copriva la mascella e il labbro superiore, evidenziando l'aspetto da uomo di periferia che non vedevo mai a Los Angeles, e delle sopracciglia cespugliose delimitavano occhi che sembravano tormentati. Come se quel tipo avesse visto cose che l'avevano fatto crescere ben oltre la sua vera età.

«Hai appena detto, *uhm wow*?» Incurvò le labbra in un ghigno sexy.

Oh merda! L'avevo detto ad alta voce? *Che cretina, che cretina, che cretina!*

«L'ho detto? Oh. Intendevo...»

Mi scervellai alla ricerca di qualcosa di interessante da dire. Una frase a effetto. Carina?

Cosa avrebbe fatto Lyssa?

Prima che potessi arrivarci, un allarme assordante proruppe nella villa. Sobbalzai al punto che Cowboy Figo pensò di dover allungare un braccio per afferrarmi il gomito e tenermi in piedi.

Non mi dispiacque. Affatto.

«C'è qualcosa che brucia?» La sua voce uscì in un profondo ruggito vellutato. Sollevò il viso per annusare l'aria.

Finalmente mi resi conto di cosa fosse successo. «I miei biscotti!» trasalii. Avevo giocato alla signora Domestica nella meravigliosa cucina di quel ranch e avevo deciso di preparare dei dolci quel pomeriggio. Ero stata sul punto di tirarli fuori dal forno quando Cowboy Figo – CF per abbreviare – aveva suonato alla porta.

Mi voltai di scatto, e lo lascia sulla soglia della porta aperta.

Fantastico. Se avessi dato fuoco a quel posto, avrei perso la possibilità di tenermi il lavoro di mia sorella e di conoscere cowboy fighi. E allora cosa avrei fatto?

Corsi in cucina, solo per rendermi conto che CF mi era alle calcagna.

Be', che dolce. Era un tipo protettivo. Non ce n'erano molti, a Los Angeles.

Spalancai l'anta del forno e afferrai i guanti di protezione. Il fumo mi si riversò in faccia e dovetti voltarmi e tossire, gli occhi che mi lacrimavano.

«Ci penso io,» urlò lui da sopra l'allarme. Prima che potessi riprendermi, CF mi tolse uno dei guanti da forno di mano e tirò fuori i biscotti. «Li porto all'esterno.» Scomparve, correndo con il vassoio di biscotti oltre le porte a vetri che davano su un'enorme terrazza in pietra e una piscina interrata sul retro della casa.

Wow.

Non mi aveva portata fuori in braccio da un edificio in fiamme, ma diamine, forse sarei stata abbastanza pazza da dare fuoco a tutto quel posto solo per far sì che accadesse.

Corsi verso l'altra coppia di porte a vetri – una non bastava – per spalancarle e far entrare altra aria.

L'allarme antincendio continuava a suonare. Trovai il

pulsante per la ventola sopra i fornelli e l'accesi. CF ricomparve e spense il forno chiudendo l'anta.

Sollevò lo sguardo al soffitto. «Come si spegne l'allarme?» gridò. «Questo posto dovrebbe avere un sistema programmato. Probabilmente hai solo un paio di minuti prima che venga allertato il servizio di emergenza.»

Oh merda. «Uhm, giusto! Uh...»

Sapevo dove si trovava il pannello del sistema di sicurezza. L'antincendio sarebbe stato nello stesso posto? Mi diressi accanto alla porta d'ingresso e CF mi seguì. Inserii il codice che mi aveva dato Lyssa e attesi che l'allarme si spegnesse.

Col cavolo.

«Ecco...» La voce profonda di CF riverberò cupa. Era abbastanza vicino a me che riuscivo a sentire il calore del suo fiato contro l'orecchio. Doveva starmi così incollato per aiutarmi?

Probabilmente no.

Ero turbata dal fatto che lo fosse?

No, nemmeno un briciolo.

Lui mi posò una mano su un fianco e tese l'altra oltre di me per premere un paio di pulsanti. L'allarme si spense. Mi fischiavano ancora le orecchie.

Sospirai. Io usavo computer complessi e programmi avanzati per tutti i miei lavori di effetti visivi, ma non ero in grado di capire come funzionasse un sistema di allarme. «Grazie.»

CF non si era mosso: era ancora dritto dietro di me, la

sua mano ora appoggiata alla parete accanto al pannello di sicurezza, il suo corpo che si sporgeva verso il mio. E quella mano sulla mia vita. Grossa. Delicata. Calda.

Non avevo nessuna intenzione di muovermi. Non volevo nemmeno che lui indietreggiasse, ma non potevamo fissare quel pannello per tutto il giorno. Lentamente, mi voltai verso di lui.

Non si ritrasse. In effetti, si chinò.

Le nostre labbra ormai erano a soli pochi centimetri di distanza e lui stava osservando le mie come se volesse baciarle.

Sì, ti prego.

Baciami, cowboy.

O avrei dovuto baciarlo io? Solo un bacetto? Tipo, un bacio di ringraziamento? Era ciò che avrebbe fatto Lyssa se un cowboy sexy l'avesse salvata da un incidente con dei biscotti bruciati.

«Io, ehm, non ho afferrato il tuo nome,» sussurrai.

Lui non si ritrasse. Non mi concesse alcuno spazio e io lo adoravo, cazzo. Si era accorto del battito furioso del mio cuore? Avevo i palmi sudati ed ero sopraffatta. Nervosa. Ansiosa all'idea che avrei continuato a combinare casini e lui avrebbe capito che non ero l'interessante e audace Lyssa.

Per un lungo istante, la realtà dell'essere la Noiosa Emma, la designer senza lavoro e senza vita sociale, pesò una tonnellata.

Volevo essere l'affascinante Lyssa. Lo spirito

selvaggio e spensierato che otteneva lavori facili e ottimi stipendi senza fare nulla. Che fuggiva dalla città con un sultano per una settimana di sesso eccitante e, si sperava, protetto. Che sapeva parlare con gli uomini. Diamine, che riusciva a conoscere un estraneo in un bar, farselo e poi sparire con lui a Ibiza.

Io non avevo nemmeno un passaporto.

L'avevo fatto. Mi ero licenziata. Mi ero allontanata da una situazione di merda senza alcun genere di rete di sicurezza. Era stata una mossa alla Lyssa. Avrei potuto compierne un'altra? Essere tutta ammiccante e divertente? Mah, non essendo me stessa, sarebbe stato impossibile. Emma non faceva così. Ma avrei potuto fingere.

Sorrisi. «Sono Lyssa Lane, la custode del signor Chapman.»

Buon Dio, che stavo facendo? Fui percorsa da un brivido al pensiero di quanto fosse rischiosa... ed esilarante quella situazione.

Eravamo troppo vicini per stringerci la mano. Praticamente condividevamo gli stessi respiri. Riuscivo a vedere ogni sua lentiggine. Avrei voluto sollevare le mani e tracciare il contorno del suo petto scolpito.

«Custode, figo.» *Cavolo*, quel rombo profondo mi arrivò dritto alla fica. «Non ragazza?»

ODDIO: *era* interessato a me! A *me!*

Il mio sorriso si ampliò. «No, non sono la ragazza di nessuno. Decisamente disponibile.» Ora stavo cominciando a sentirmi come Lyssa. Come se prendermi il suo nome mi avesse conferito la capacità di darmi alla pazza gioia. Di flirtare e abbandonare qualunque responsabilità... non che ne avessi alcuna mentre mi trovavo lì. Di credere alla mia fortuna e che ne sarei uscita bene a prescindere da cosa sarebbe accaduto.

«Non ho afferrato il tuo, di nome.» Stavo flirtando. Avrei dovuto avvolgermi una ciocca di capelli attorno al dito? Mordermi un labbro?

«Mi chiamo Johnny.»

Wow.

«Lavori in questo ranch?» chiesi io. «Sono qui da poco e non ho ancora conosciuto tutti.»

Lui scosse la testa. «Sono un conoscente di Mitch. Vengo da Cooper Valley.»

Non avevo idea di dove fosse, ma non aveva importanza.

«Grazie per avermi aiutata...» agitai una mano in direzione della cucina, «con i biscotti bruciati.»

Lui ghignò. «Già, cos'è successo lì? Dovevano essere stati nel forno per ben più che solo i pochi minuti che ti ci sono voluti ad aprirmi la porta.»

«Dici? Ho messo un timer...» Mentre lo dicevo, mi resi conto che non lo avevo fatto. Avevo messo i biscotti in forno, cercato di capire come usare la lavatrice sofisticata per far partire un lavaggio – per quello mi ci erano voluti almeno quindici minuti – prima che CF – ehm – Johnny – suonasse alla porta. «Forse mi sono dimenticata di mettere il timer. È palese che sia una frana al riguardo.» Risi di me stessa, invece di morire mortificata. Era ciò che avrebbe fatto Lyssa, ignorare la cosa con un sorriso. «Non preparavo biscotti da un sacco di tempo. È un peccato che si siano guastati. Te ne avrei offerto qualcuno per ringraziarti per il tuo aiuto.»

«E io li avrei mangiati.» La sua gola si mosse su e giù. I suoi occhi si scurirono e mi scorsero lungo il corpo. «I biscotti, intendo. O a dire il vero, qualunque cosa tu mi, uh, lasciassi mangiare.» Si sfregò le labbra per poi rilassarle. «Mi piace mangiare, sai, Lyssa.»

Oh. Mio. Dio.

Stava succedendo.

Stava succedendo davvero.

Quel cowboy era interessato a me. Avrei potuto averlo *in quel preciso istante* se l'avessi voluto.

Ma non sarebbe stato sicuro. Sarebbe stata una follia. Non conoscevo affatto quel tipo. Avrebbe potuto essere un assassino psicopatico. Avrebbe potuto avere una malattia sessualmente trasmissibile. Avrebbe potuto...

Pensai a Lyssa. Probabilmente quando aveva scopato con il Sultano di Arunai, Lyssa non lo aveva conosciuto meglio di quanto io non conoscessi questo tipo, eppure era voltata a Ibiza con lui sul suo jet privato. In quel preciso istante forse stava prendendo il sole su una spiaggia esclusiva o su uno yacht privato e ci avrei scommesso che non aveva la minima idea di dove fosse Arunai.

A lei non capitava mai niente di male. Si divertiva. Viveva avventure. *Viveva* e basta.

Cosa avrebbe fatto Lyssa con Johnny?

Se la sarebbe fatta divorare se lui glielo avesse chiesto.

Sì. Sì, l'avrebbe fatto. Per cui, nella mia mente, invece di rimboccarmi le maniche mi tirai giù le mutandine. *Potevo farlo. Potevo farlo.*

Mi morsi un labbro, per poi dire: «Hai fame, cowboy?»

5

———

JOHNNY

AVEVO FAME? Della mia compagna? Non ce l'avevo mai avuto più duro in vita mia. Avevo l'acquolina in bocca dalla voglia di assaggiarla. Dritta alla fonte, cazzo.

Avrei voluto morderle la spalla. Rivendicarla. Marchiarla. Il suo odore, di biscotti non bruciati e di miele, stava facendo impazzire il mio lupo.

Era umana. UMANA. Non potevo marchiarla in quel preciso istante, cazzo.

Ma lei mi aveva dato il via libera per divorargliela.

Cazzo, eccome se l'aveva fatto. A giudicare dall'espressione nei suoi occhi scuri, dal modo in cui si mordeva il labbro, lo voleva tanto quanto me. Ma c'erano anche una certa diffidenza e sorpresa. Come se non fosse solita invitare qualunque cowboy bussasse alla sua porta a divorargliela.

E sarebbe stato meglio così per lei, cazzo.

Quella cosa era diversa. *Noi* eravamo diversi. Cinque minuti erano più che abbastanza per me per saperlo. Mi era bastata una ventata del suo odore.

Lei lo percepiva. Aveva bisogno di quella connessione. Perfino un'umana che non ne sapeva nulla di mutanti. Avrei cominciato da quello. Il suo desiderio di me che la facevo venire. In seguito, avrei cercato di capire come spiegarle il motivo per cui fosse stata attratta all'istante da me, cosa fossero i mutanti e che sarebbe stata con uno di loro – me – per il resto della sua vita.

Per il momento, leccate di fica e scopate con le dita sarebbero state assicurate. Il mio lupo e il mio cazzo erano d'accordo al riguardo.

Prima, la sua bocca e ogni centimetro del suo corpo perfetto nel mezzo.

Avanzai e tenendo la mano sulla curva della sua vita, la premetti contro la parete accanto al pannello del sistema di allarme. Mi tolsi il cappello e lo lasciai cadere a terra. Chinai piano la testa mentre guardavo i suoi occhi chiudersi.

Poi la mia bocca si posò sulla sua.

Io ringhiai. Il mio lupo grugnì. Lei gemette.

Cazzo, sì.

Aveva un sapore dolce, ma selvaggio. Nel bacio si

percepiva un accenno di disperazione e le sue dita si arricciarono nella mia camicia, quasi a fermarmi.

Non esisteva, cazzo.

Non avrei saputo dire quanto tempo durò il bacio, avrei potuto continuare per ore, giorni, perfino, ma volevo di più.

Mi spostai dalle sue labbra alla mandibola e la baciai fino all'orecchio dove le mormorai: «Sei bellissima, cazzo,» prima di mettermi in ginocchio.

Lei era così più bassa di me che, perfino in ginocchio, mi superava di pochi centimetri. I nostri sguardi si incrociarono. I suoi occhi erano delle pozze scure, annebbiati di desiderio. Aveva le guance rosee. Così come le sue labbra, gonfie e umide.

Io ero pronto a scoprire se anche le altre sue labbra fossero nelle stesse condizioni.

Con dita sicure – quella era la mia compagna e io non ero mai stato più sicuro di nulla in vita mia – le sollevai l'orlo della maglietta. Lo feci con lentezza, occhi negli occhi per tutto il tempo. Non gliela sollevai sopra la testa, solo fino a sopra i seni pieni, per ammucchiargliela sotto le ascelle. Mi piaceva scoprire parti di lei che erano solo per me.

Come il reggiseno rosa chiaro che stringeva e sollevava quei magnifici rigonfiamenti alla perfezione. Se era così meravigliosa con indosso del semplice cotone, non ero certo se sarei riuscito a sopravvivere nel vederla con una camicetta da notte o in lingerie sexy.

Oh, ma che bel modo di morire!

Baciai l'incavo tra i suoi seni, poi più in basso lungo il suo ventre morbido. Leccandola attorno all'ombelico, le slacciai i jeans. Grazie al cielo erano di quelli larghi. Come si chiamavano, boyfriend-cut? Più che altro a facile accesso per un compagno predestinato.

Con il bottone slacciato e la zip abbassata, il tessuto scivolò giù. Il suo odore era più forte, adesso, e mi venne l'acquolina in bocca. Mi chiesi se stessi sbavando. Sollevai lo sguardo, la fissai negli occhi mentre le facevo scorrere il denim sui fianchi per calarglielo fino alle caviglie.

Lei non proferiva, ma aveva il fiato corto, le tette che sobbalzavano dentro il reggiseno.

Solo quando si morse il labbro abbassai lo sguardo. Vidi le mutandine semplici abbinate. Appoggiai la fronte al suo ventre, le mie mani dietro le sue cosce e chiusi gli occhi.

Inalai il suo odore.

Mi godetti la sensazione della sua pelle.

Me la gustai.

E mi concessi anche un istante per darmi una controllata. Per placare la mia sete e la mia voglia perché ero a un passo dal venire al solo odore della sua eccitazione. Che era tutta per me.

Cazzo, sì.

Incapace di attendere un solo altro istante, mi chinai di quei pochi centimetri e posai la bocca su di lei, proprio sopra le mutandine. Assaporai il suo odore. Il suo sapore. Ma poi, con un gesto selvaggio, le strappai di dosso il cotone perché era l'ultima cosa a frapporsi tra me e ciò che avevo sempre voluto.

Dopodiché posai la bocca sulla fica della mia compagna.

6

EMMA

«OH MIO DIO!» urlai, la mia voce che riecheggiava sui soffitti alti.

Johnny aveva la bocca sulla mia fica. Nell'ingresso della casa di uno sconosciuto. *E le porte erano aperte!*

E Johnny era un tipo che avevo conosciuto nemmeno dieci minuti prima.

Ma era bravo. *Davvero* bravo a divorarmela. Leccava e succhiava in modi che...

«J!» gridai, afferrandogli la testa, le mie dita che gli strattonavano i capelli setosi. Non avrei dovuto fare quella cosa con un estraneo! Era una follia. Ma poi lui mosse la lingua in qualche modo e io lo attirai contro la mia intimità.

Lui grugnì, ma non si fermò, si limitò a stringermi ancora più forte il retro delle cosce. Mi sarebbero rimasti dei piccoli segni delle sue dita, ne ero certa. Non mi importava. Diamine, avrei sorriso ogni volta che li avessi visti allo specchio.

Se Lyssa viveva gettando al vento ogni prudenza, allora mi ero persa un bel po' di cose.

Josh me l'aveva leccata, ma non era stato così. *Nulla* era stato così.

Ero a un passo dal venire e Johnny non ci aveva nemmeno messo le dita.

Doveva saper leggere nel pensiero oltre a essere un esperto nel leccarla perché insinuò una mano tra le mie cosce e...

«Oh!» Mi sollevai in punta di piedi mentre lui mi pompava un dito dentro, arricciandolo. «SÌ!»

Lui sollevò la testa quel poco che bastava per mormorare: «Vieni, da brava ragazza.» Poi tornò al suo compito, succhiandomi il clitoride in una maniera che mi ricordò il mio vibratore, ma in modo più sexy. E quel dito stava facendo qualcosa di magico.

Forse ero stata con uomini svogliati. O in realtà ero molto sensibile e non l'avevo mai saputo. O magari Johnny era un mago del sesso, perché venni. Così, all'improvviso.

Era un bene che lui mi stesse sorreggendo perché le mie gambe cedettero. Lui mi sfilò i jeans da una caviglia mentre cercavo di riprendermi; non ero certa che ci sarei mai riuscita. Ciò che fece dopo fu pura pazzia. Afferrandomi da dietro le gambe, si piegò all'indietro, con cautela – il che probabilmente era dovuto ai suoi addominali potentissimi – sdraiandosi di schiena sul pavimento in pietra dell'ingresso.

Dov'ero io? Sopra di lui. A cavalcioni. Con una facilità ridicola, mi sollevò. Dritta sulla sua faccia.

Ora ero inginocchiata sopra di lui, i jeans agganciati a una caviglia, le mutandine strappate e lanciate da qualche parte, la maglietta arrotolata sotto le braccia. Abbassai lo sguardo su di lui. I suoi occhi erano... wow, ambrati?

«Johnny,» sussurrai.

«Ho ancora fame, piccola.»

Poi mi tirò verso il basso e cercò di soffocarsi nella mia fica.

«Non hai bisogno di...»

Fu tutto ciò che fui in grado di dire prima che qualunque pensiero svanisse.

E io venissi ancora.

E ancora.

Quando sembrò pensare che ne avessi avuto abbastanza – perché non avevo idea di come potessi gestire così tanto piacere – mi tirò giù tra le sue braccia. Io ero un disastro, sudata, esausta e soddisfatta. Avevo il fiato corto e non ero sicura di avere ancora qualche osso in corpo.

Contro il mio orecchio, sentivo il battito del suo

cuore. Inalai il suo odore. Più in basso, ce l'aveva davvero duro contro il mio ventre. Mi passò le dita tra i capelli, come se fossi preziosa.

Già, la gran quantità di orgasmi mi aveva fatta impazzire. Stavo ragionando da Emma, non da Lyssa. Lyssa non avrebbe pensato di essere preziosa per un tipo. Avrebbe pensato... che lui non era venuto.

Toccava a lui. Perfino io lo sapevo.

Sollevai la testa e abbassai lo sguardo su di lui. Il suo accenno di barba luccicava della mia eccitazione.

Non ero certa se avrei dovuto provare imbarazzo o essere arrapata. A lui non sembrava dispiacere. In effetti, a giudicare da come si leccava le labbra, gli piaceva.

Oh, ma certo che sì. Nessun uomo l'avrebbe leccata a una donna a quel modo e con quel fervore a meno che non fosse stata una cosa che bramava fare.

«Tocca a te.» Richiamai la mia seduttrice interiore. Per quanto potessi aver avuto degli orgasmi, la mia fica moriva dalla voglia di essere riempita da lui. Di sentire quanto ce l'aveva duro, come mi avrebbe riempita fino all'orlo.

Lui mi accarezzò di nuovo i capelli. «Piccola, mi sta più che bene, ma non ho intenzione di scoparti per la prima volta sul pavimento.»

Per la *prima* volta? Uhm, wow. Sembrava che non si trattasse di una sveltina. Be', d'accordo. Non ero dell'umore di protestare, quello era certo.

«Me la prenderò comoda con te,» promise lui.

7

JOHNNY

Avevo il cazzo così duro da fare male. Avevo il suo sapore sulla lingua e il mio lupo era entusiasta, ma moriva dalla voglia di altro. Così come me. Lyssa mi scese di dosso, si tirò giù la maglietta e cercò di infilarsi i pantaloni ingarbugliati. Io la guardai mentre recuperavo il mio cappello da terra e mi sistemavo l'erezione indolenzita nei jeans.

Sebbene dar piacere alla mia compagna fosse una cazzo di esperienza spirituale, il protettore che era in me era ancora in guardia. Le porte erano aperte sia davanti che sul retro della casa, per cui ero stato attento che non si avvicinasse nessuno. Non avrei mai permesso che qualcuno vedesse l'adorabile Lyssa in preda a un orgasmo.

A meno che a lei non fosse stato bene. Nel qual caso, avrei potuto lavorare sulla mia possessività per lasciare che la mia femmina soddisfacesse le proprie fantasie. La sua soddisfazione era la mia assoluta priorità.

Una volta che lei si fu risistemata gli abiti, la presi per mano e le baciai il dorso delle dita. «Quanto tempo abbiamo prima che torni Mitch?» Mantenni la voce seducente, cercando di non spezzare l'atmosfera.

Non c'era bisogno che sapesse che avevo in mente di sopraffare il suo capo e portalo via una volta che fosse tornato. Cazzo. Come avrei fatto con lei lì? Dovevo portarla in un posto sicuro perché, a giudicare dalle prove e dalle accuse, non era sicuro per nessuna femmina trovarsi vicino a Chapman.

Lei scrollò le spalle. «Oh, non tornerà per un po'. Giorni. Settimane, forse.»

Io mi rilassai. Era al sicuro per il momento. Ma dovevo farlo sapere a Rob... o al Consiglio.

«Io, uhm, non lo vedo quasi mai,» aggiunse.

Fiutai una bugia. Cosa stava nascondendo? Chapman si nascondeva da qualche altra parte nel ranch? Lei era al corrente delle sue azioni losche? Non potevo crederci, specialmente visto che i suoi crimini prevedevano il traffico di femmine, ma magari mi stavo facendo abbindolare perché lei era la mia compagna.

No, le sue parole erano plausibili. Chapman era losco, ma era anche un uomo d'affari. Magari le aveva dato ordine di non condividere la propria agenda con nessuno per motivi di privacy. Aveva senso, ma la sua piccola menzogna la rendeva nervosa.

Speravo fosse quello.

In ogni caso, l'avremmo scoperto. Lei ancora non lo sapeva, ma era la mia compagna. Le sarei stato fedele al cento per cento. Non sarei andato da nessuna parte senza di lei.

«Dunque ciò significa che posso concedermi tutto il tempo che voglio con te,» promisi. Mi attirai una delle sue dita in bocca e succhiai forte. «Non muoverti. Chiudo le porte, così che i dipendenti del ranch non possano sentirti urlare.» Le feci l'occhiolino.

Vidi un accenno di timore balenarle in viso e raggelai, rendendomi conto di come fosse sembrato. «Oh, merda.» Allungai le braccia per afferrarle entrambe le spalle e le rivolsi un sorriso molto rassicurante. «Intendevo urla buone. È sembrato che fossi una specie di psicopatico?»

La sua espressione si rilassò e lei rise. «No. Ma ti ho appena conosciuto.»

Arrossì e distolse lo sguardo.

Bene. Aveva buoni istinti. Si era lasciata andare con me solo perché percepiva per certi versi che eravamo fatti l'uno per l'altra. Non fosse che lei era umana e i dubbi stavano cominciando a manifestarsi. Era una brava ragazza, riuscivo a capirlo, e le brave ragazze non se la facevano divorare nell'ingresso di casa del loro datore di lavoro da un estraneo.

Non fosse che lei l'aveva fatto. E voleva di più. Dovevo solo mantenere attiva quella vena selvaggia. Farle continuare a tirar fuori la sua *cattiva* ragazza interiore.

«Piccola, sei al sicuro con me. Giuro, non c'è uomo più sicuro per te. Ti difenderò da...» mi trattenni dal dire *il tuo capo cattivo e molto probabilmente pericoloso* o qualunque altra promessa che sarebbe sembrata troppo intensa, «...sai, da biscotti bruciati e allarmi antincendio.» Ghignai. «E diamine, da qualunque cosa cui tu dica di no. Incluso me.» Aggrottai la fronte. «È una promessa.»

Lei mi diede una leggera spinta e le rivolse un sorriso. «Queste le chiudo io. Tu va a chiudere le porte sul retro.»

Diavolo, sì. Non mi stava cacciando via.

Il mio sorriso si ampliò.

Si fidava di me.

Le feci un cenno col cappello. «Sissignora.» Corsi a chiudere entrambe le coppie di porte a vetri, approfittandone per mandare un breve messaggio a Rob, il mio alfa, mentre c'ero.

Chapman non c'è.

Ora sapeva che non ero morto e poteva avvisare il Consiglio della situazione di stallo.

Quando feci ritorno, presi Lyssa tra le braccia e lei trasalì per poi ridere. Un suono che non avevo immaginato di aver bisogno di sentire. Placò qualcosa in me. «Ora, da che parte sta camera tua?»

Lei indicò con un cenno del capo la cucina.

La portai in quella direzione e lei mi guidò verso una spaziosa suite per il custode situata oltre la lavanderia. Come il resto del ranch, era arredata con lusso, con un caminetto a gas a due lati, visibile sia dalla camera da letto che dal bagno, e una vasca idromassaggio abbastanza grande per due persone.

Mi chiesi se mi avrebbe scambiato per un pezzente, se l'avessi portata alla baracca del Wolf Ranch. Rob non aveva lesinato nel costruire quell'edificio ben arredato, con una ampia sala comune che serviva da sala giochi, cucina e sala da pranzo tutto in uno. C'erano anche delle spaziose camere da letto per tutti i lavoratori, ma io ero l'unico a vivere lì al momento. Per quanto ci fosse un caminetto nella sala principale, non ce n'era uno nella stanza che avremmo condiviso io e Lyssa. Né una vasca idromassaggio.

«Diamine. Bell'alloggio.»

«Lo è, non è vero?» Lyssa sembrava meravigliata, ma poi si riprese. «Cioè, io lo adoro. È un lavoro fantastico.»

«Da quanto tempo lavori per Mitch?»

«Solo da qualche mese. A essere onesta, non sono

sicura di quanto durerà. Suppongo cambi custodi piuttosto spesso.»

Mi accigliai. Diceva così perché era un capo irascibile? O le stava facendo sparire, come le femmine
mutanti che aveva venduto al mercato nero? Ciò fece
rizzare il pelo del mio lupo. Non mi piaceva che Lyssa
lavorasse per quel tipo. Né che, se non mi fosse stato
assegnato l'incarico di andare lì a cercarlo, non l'avrei
mai trovata. Avrebbe potuto restare in pericolo.

Avrei voluto prendere a pugni un muro e allo stesso
tempo non lasciare mai andare Lyssa.

Dovetti convincermi a calmarmi. *Chapman non c'è. La
tua compagna è al sicuro. Sei un sicario. Il tuo alfa e il Consiglio si fidano di te affinché tu tenga tutti al sicuro. Non
permetterai mai che le capiti nulla.*

A giudicare dalle prove, probabilmente sarebbe
morto presto. Nel giro di qualche giorno, si sarebbe ritrovato di fronte al Consiglio e tutta quella storia si sarebbe
conclusa. La minaccia nei confronti della mia compagna
sarebbe svanita. Per sempre.

In quel preciso istante, lei era nel posto più sicuro in
cui potesse mai stare. Con me. E io avevo questioni
molto più urgenti di cui occuparmi oltre al fatto che un
altro sicario trovasse quello stronzo in un altro posto.
Tipo, la soddisfazione sessuale della mia compagna. Poi,
scoprire come farla innamorare di me.

Lei mi prese il cappello mentre la adagiavo al centro
del letto matrimoniale e lo lanciò a terra.

Io calciai via gli stivali.

«Odio che tu ti sia coperta di nuovo, piccola. Fammi vedere di nuovo quelle tette,» le ordinai mentre tiravo fuori il portafoglio dalla tasca. Ne estrassi un preservativo e lo lanciai sul letto accanto a lei. Speravo di non essere sembrato troppo volgare.

Lei non protestò. L'odore della sua eccitazione si intensificò mentre si tirava via la maglietta dalla testa e la gettava a terra. Il suo reggiseno rosa chiaro conteneva a malapena i rigonfiamenti pieni dei suoi seni.

«Cazzo, che belle.» Mi spalancai la camicia e me la sfilai mentre salivo sul letto.

Lei abbassò lo sguardo e borbottò, «È, uhm, non sapevo che avrei avuto compagnia...»

Spostai lo sguardo sul suo. «Diamine. Davvero non sei sicura di quanto sei eccitante? Spogliati, così che possa vederti tutta.»

Lei arrossì in modo adorabile mentre lavoravamo assieme per sfilarle il resto degli abiti.

«Oh.» Sorrise perché faticavamo a sfilarle i jeans da un piede.

«Oh, diamine.» Scossi la testa come se ci fosse stato qualcosa che non andava.

«Che c'è?»

«Sei troppo perfetta.» Seni pieni, curve floride, una fica depilata, che ormai conoscevo *molto* bene. Era più che perfetta.

Lei sorrise. Già, le piaceva quell'elogio. Glielo avrei rivolto ogni giorno da quel momento in avanti.

Allungò una mano verso il bottone dei miei jeans e lo aprì. «È mia sorella quella figa. Io immagino di essermi sempre sentita banale a confronto.»

Scossi la testa, e mi inginocchiai davanti a lei, dandole carta bianca nell'arrivare al mio cazzo. Feci scorrere la punta di un dito attorno al suo capezzolo, accarezzando la pelle. Morbida come seta. Calda. *Mia.* «Nessuno è più figo di te. *Nessuno.*»

La sua pelle si scurì. Lei mi slacciò i jeans e me li calò abbastanza lungo i fianchi da far svettare il mio cazzo. «Anche tu sei piuttosto figo, cowboy.» Rise mentre io mi inginocchiavo sopra di lei, una mano accanto alla sua testa, bloccandole qualunque altra visuale. «È così che ti chiamavo nella mia testa prima che ti presentassi. Cowboy Figo.»

Io ridacchiai, feci scorrere la mia mano dietro la sua nuca per sollevarle la bocca verso la mia. «Sarò il tuo cowboy figo, piccola. Ogni volta che vorrai.» Mi presi un bacio, sfregando solamente una volta le labbra contro le sue prima di schiuderle con la mia lingua.

Lei trovò la mia erezione e ne afferrò la base. Mi si contrassero i testicoli e gemetti contro la sua bocca.

Cazzo, ero talmente eccitato per quella femmina che sarei venuto prima ancora di cominciare. Soprattutto per il suo sapore sulla lingua e l'espressione del suo viso mentre veniva impressa nel mio cervello.

«Senti.» La spinsi di nuovo sul letto e la seguii, riprendendomi la sua bocca. Quando interruppi il bacio, dissi: «Non voglio che tu pensi che questa cosa sia normale per me. Avere un preservativo nel portafoglio. Saltare nel letto con una donna nel giro di pochi minuti dopo averla conosciuta.»

D'accordo, scopavo. Non facevo discriminazioni, ma non aveva mai significato nulla in passato. Il sesso veniva visto in maniera diversa dai mutanti. O così era stato per me. In quel momento, significava tutto. L'avrei fatto solo con Lyssa da lì in poi. Era fondamentale che lo sapesse. Che lei era diversa.

Lei allargò le gambe e il mio bacino vi si insinuò in mezzo. Il mio cazzo nudo scivolò sul suo sesso bagnato e fui sul punto di venire. Perché all'improvviso volevo spingermi dentro di lei. Nudo. Non potevo contrarre malattie sessualmente trasmissibili, ma gli umani sostenevano discorsi circa la protezione per quello. E per le gravidanze.

Il La punta del mio cazzo si bagnò quando la immaginai incinta del nostro cucciolo.

Pazienza. Dovevo avere pazienza, cazzo. Potevo usare un preservativo, proteggere Lyssa. Farle sapere che pensavo alla sua sicurezza e alle sue necessità in tutto e per tutto.

«Nemmeno io,» ammise lei.

Io la baciai lungo la clavicola, promettendomi di contare e leccare ogni lentiggine che aveva più tardi. «Non sono un donnaiolo,» aggiunsi. «È solo che ho percepito un legame vero nell'istante in cui ti ho conosciuta.»

Tipo un legame perenne, predestinato.

Le strinsi un seno. «Questa meraviglia e la sua gemella mi stanno rendendo difficile pensare.» Tirai fuori la lingua su uno dei capezzoli e la feci scorrere attorno all'areola scura.

Lei spalancò per un istante gli occhi, poi rise. Le sue dita affondarono tra i miei capelli. «Non pensare. Succhia e basta.»

«Sissignora,» concordai. Leccai e succhiai il suo capezzolo fino a indurirlo, poi concessi la stessa attenzione all'altro. Per tutto il tempo, il mio cazzo pulsò, i testicoli contratti e indolenziti. Il liquido seminale gocciolava sulle coperte tra le sue gambe.

«Raccontami tre cose di te.» La baciai sul ventre morbido, fermandomi per far scorrere la lingua nel suo ombelico prima di scendere più in basso.

«Tre cose?» La sua voce si fece più acuta, come se non fosse stata abituata a essere al centro dell'attenzione.

Io le stuzzicai le labbra con la punta delle dita, dritto sopra il clitoride, senza entrarvi in contatto. «Tre cose, dopodiché ti farò urlare.»

Lei si dimenò sotto di me, cercando di avvicinarsi alla mia bocca. «Tre cose,» ansimò. «Uhm, okay... Ho una sorella.»

«Non conta. Quello lo sapevo già.» Le baciai l'apice della fessura e le stuzzicai ancora una volta l'apertura con la punta della lingua. Non riuscivo ad averne abbastanza.

Lei lasciò andare un sospiro spezzato. «Io, ehm, faccio schifo nel preparare i biscotti.» Ridacchiò.

«No. Sapevo anche quello. Ti stai trattenendo, Lyssa?» Attirai una delle sue labbra nella mia bocca e succhiai prima di lasciarla andare con uno schiocco.

«Sono una designer di effetti speciali!»

Le diedi una leccata generosa, allargandola e trascinando la lingua fino in cima. «Effetti speciali? Notevole. E quella è una. Ora altre due.»

«Adoro il gelato.»

«La accetto se mi dici anche il tuo gusto preferito.» Il mio era la fica della mia compagna.

«Cioccolato e menta.»

«Me lo segno. Che altro?»

«Io, uhm, non faccio sesso da due anni.»

«Oh, piccola. Grazie per avermelo detto. Farò in modo che ne sia valsa l'attesa.» Mi dedicai di nuovo alla sua fica: leccai, succhiai e accarezzai le labbra interne. Presi il suo piccolo clitoride tra le labbra e succhiai.

Fu così che mi guadagnai il mio primo urlo nel suo letto. Le infilai due dita dentro e accarezzai proprio dietro il suo clitoride nello stesso momento per portarla all'orgasmo. Lei si contrasse attorno alle mie dita, i suoi deliziosi succhi mi colavano sul palmo mentre il suo culo si stringeva così forte che i suoi fianchi si impennarono sollevandosi dal letto. Io continuai a succhiarle il clitoride per tutto il tempo.

«Brava ragazza,» la elogiai quando le sue cosce smisero di tremare e lei sprofondò sul letto.

«Oddio, cosa mi stai facendo?»

«Mi sto guadagnando il diritto di stare tra le tue gambe, piccola.»

Lei emise una risatina singhiozzante. «È bello. Bellissimo.»

Io gattonai su di lei. «Dimmi altre tre cose.»

«A-ha.» Scosse la testa, sollevando le mani sul mio petto. «Tocca a te. Raccontami tre cose di te.»

Io le baciai il collo e mi alzai a sedere sui talloni per afferrare il preservativo. Mentre me lo infilavo, dissi. «Okay. Ecco tre rapide informazioni su di me. Uno: leccarti la fica è la mia nuova cosa preferita. Due: lavoro al Wolf Ranch, che si trova a circa due ore da qui. E tre: è arrivato il momento che tu ti faccia una cavalcata con un cowboy.»

8

EMMA

«Wow,» balbettai quando lui mi fece passare un braccio dietro la schiena e ci ribaltò, in modo che fosse sdraiato con me sopra, a cavalcioni dei suoi fianchi. Non mi trattenni dal ridere per la facilità con cui lo fece. Si afferrò la base dell'erezione ricoperta di lattice, e la pompò una volta.

Fermò la mano e fece correre lo sguardo lungo il mio corpo fino a incrociare il mio.

Restammo immobili. Ci fissammo.

Cowboy Figo voleva che lo cavalcassi. Era una pura fantasia. Del genere che di solito si godeva Lyssa e di cui io sentivo solo raccontare in seguito.

Lei aveva un'intera scatola di sex toy ancora da aprire che avevo trovato con imbarazzo sotto il suo letto. Doveva aver fatto la rappresentante per un negozio di articoli sessuali o qualcosa del genere per averne così tanti. Avrei voluto avere il coraggio di tirarli fuori e di consigliare a Johnny di usarli, ma non avevo alcuna esperienza con i giocattolini e lui non sembrava nemmeno averne bisogno.

«Johnny,» sussurrai. Come se avessi avuto bisogno di pronunciare il suo nome per assicurarmi che quella cosa stesse succedendo davvero.

Cos'era *quello*? Era sempre così per Lyssa? Le veniva sempre così facile con gli uomini? Così divertente? Così... giusto?

Io non sapevo nulla di lui a parte il suo nome e il suo lavoro. Eppure avevo la sensazione di conoscerlo. Che quella cosa fosse speciale. Che si trattasse di più che di semplice divertimento.

Ero io, Emma, che facevo la stupida? Era sciocco coinvolgere il mio – caspita – il mio cuore?

«Sono tuo, piccola. Salta su.»

Quella voce roca mi fece smettere di pensare. Tornai a concentrarmi sul momento. Sul suo lungo cazzo grosso, spesso, immenso e duro che non aspettava altro che io ci affondassi sopra. Mi aveva fatta venire diverse volte e lui non l'aveva ancora fatto. Non una sola. Si era preoccupato di me e del mio piacere.

Gliel'avevo fatto venire duro io. IO. Non Lyssa. Ed era

giunto il momento di dargli sollievo. Di lasciare che trovasse sfogo nel mio corpo.

Feci un breve sorriso. «Okay, cowboy. O la va o la spacca.»

Mi sollevai sulle ginocchia, e mi dimenai fino a quando la punta spessa della sua erezione non si insinuò contro la mia apertura. Mentre i nostri sguardi si intrecciavano, mi abbassai su di lui. Sgranai gli occhi a ogni centimetro che mi riempiva.

«Oh sì,» esalai, sentendomi piena.

Lui aveva i tendini nel collo tesi. La mascella serrata. Eppure le sue mani ferme sui miei fianchi erano delicate.

Mi sollevai un po'. «Sei fantastico,» gemetti.

Lui ringhiò.

Io mi calai di nuovo, le mie cosce che entravano in contatto con le sue. «Wow.»

«Piccola, mi stai uccidendo.»

Dopo aver appoggiato le mani sul suo petto, girai i fianchi in cerchio, e mi sollevai di nuovo. Per poi calarmi. Trovai un ritmo scopandomi su di lui.

«Fantastico.» Cominciai ad ansimare. Cominciai a girare di più in cerchio e a sfregarmi verso il basso ogni volta che lo prendevo il più a fondo possibile.

Lui piegò le ginocchia, accogliendomi in grembo. Le sue mani mi inclinarono i fianchi, così io mi piegai all'indietro e lui scivolò ancora più a fondo.

Gememmo assieme.

Era fatta. Quello spostamento fu la fine del mio auto-controllo. A quel punto cominciai a muovermi, all'inseguimento del piacere. Con una mano che mi teneva in equilibrio sul suo petto, infilai l'altra in mezzo a noi e mi stuzzicai il clitoride.

«Così, piccola. Fammi vedere come fai.»

Lo sapeva. Mi aveva stuzzicato il clitoride con la lingua nella maniera perfetta. Tuttavia, mi guardava, quasi ipnotizzato.

Non mi importava che le mie tette stessero sobbalzando o che i nostri corpi sbattessero l'uno contro l'altro. Né che i miei gemiti fossero lascivi e selvaggi. Né di qualunque altra cosa.

Inseguii il piacere. Accolsi ogni sua singola parola sporca. *Brava ragazza. Scopi così bene. Quella fica è fatta per il mio cazzo.*

La mia testa ricadde all'indietro mentre venivo, i miei muscoli interni si contrassero pulsando attorno a lui. Doveva essere stato ciò che aveva aspettato perché le sue dita mi strinsero i fianchi mentre si spingeva verso l'alto, tenendosi a fondo dentro di me.

Ed emise un ringhio.

Porca puttana. Era così bello che non sapevo se avrei dovuto ridere o piangere. E dire che mi ero persa del sesso del genere perché ero stata troppo prudente.

Be', avevo gettato la prudenza al vento, quella volta.

Mi accasciai sul petto di Johnny e cercai di riprendermi. Il punto era che non ero certa che ci sarei mai riuscita. Una storiella con un cowboy sexy forse mi aveva appena rovinata.

JOHNNY

Sgattaiolai fuori dal letto e afferrai il cellulare dalla tasca dei miei jeans. Era passata la mezzanotte e il respiro di Lyssa era lento e costante nel sonno. Era a pancia in giù, i capelli scuri sparsi sul cuscino. Le rimboccai il lenzuolo e la coperta sulla schiena nuda.

Controllai lo schermo e scoprii che il mio cellulare esplodeva di messaggi da parte di Rob, del Consiglio dei Mutanti e di altri tre sicari a caccia di Chapman.

Cazzo. Per quanto avessi inviato quel semplice messaggio per fargli sapere che Chapman non era lì, il mio alfa mi avrebbe fatto il culo per aver ignorato le sue notifiche da ore.

Tuttavia, avevo appena conosciuto la mia compagna

predestinata. Prendermi cura di lei surclassava tutto. Lui doveva capirlo. Eppure, immaginavo che avrei dovuto comunicare quell'informazione importante ore prima. Dire che il mio lupo aveva assunto il comando sarebbe stato un eufemismo, e lui non mandava messaggi.

Dopo aver sfinito Lyssa con la nostra scappatella – cazzo, era stata fantastica – mi ero assicurato che la mia compagna fosse ben nutrita e idratata. Non c'era chissà quanto cibo nella casa, perfino per una cucina con i frigoriferi doppi e una dispensa più grande della mia camera da letto nella baracca, ma avevo cucinato due bei piatti di uova alla messicana per entrambi sfruttando peperoni in scatola, uova fresche e formaggio.

Dovevo convincere Lyssa a tornare al Wolf Ranch assieme a me, ma lei era umana. Percepiva la nostra alchimia, ma non sapeva nulla dei compagni predestinati. Una cosa era infilarsi a letto per una sveltina, un'altra era chiederle di fare i bagagli e andarsene dopo averla conosciuta solo un paio d'ore prima. Sembrava un tantino affrettato. Magari un po' troppo incosciente per una femmina umana.

Invece di dirle che me ne sarei andato, avevo flirtato con lei, dicendole che forse la gomma del mio pickup aveva preso un chiodo e si era bucata.

Lei aveva sorriso e replicato che supponeva che avrei dovuto passare lì la notte, ed ecco come mi ero assicurato un posto nel suo letto.

Ora, però, era giunto il momento di smetterla di giocare.

Avevo dei doveri nei confronti del mio branco dai quali mi ero tirato indietro nella maniera più piacevole e avrei potuto cominciare indagando sulla proprietà, per assicurarmi che davvero Chapman non ci fosse e per scoprire se ci fosse qualche prova delle sue azioni su quel ranch. Prima, invia un messaggio a Rob, ipotizzando che fosse troppo tardi per telefonargli. Era già scazzato. Se avessi svegliato la sua compagna Willow, non me l'avrebbe perdonato.

> Scusa, Alfa. Stavo conoscendo la mia compagna. L'ho trovata. È umana: la custode di Chapman. Perlustro la proprietà adesso.

Lui mi rispose subito.

> Chiamami immediatamente.

Forse non era poi così tardi. Nudo, sgattaiolai fuori da una delle porte sul retro che avevamo aperto prima per far uscire il fumo, richiudendomela piano alle spalle e concedendomi un istante per ascoltare la notte. Non colsi alcun odore né sentii nessuno nei paraggi. Ero solo.

Composi il numero di Rob.

«Ero a dieci minuti dal mandare una dannata squadra di soccorso a cercarti,» disse. Le sue parole significavano che ci teneva a me, ma la sua voce trattenuta non nascondeva la sua irritazione. Sebbene non fosse lì, scoprii d'istinto la gola e abbassai lo sguardo. «Scusa, Alfa.»

«Per l'amor del cielo, Johnny. È il tuo secondo lavoro e non segui i piani. Credevo che Chapman ti avesse ucciso e che il tuo messaggio di prima fosse il suo modo di fregarmi.»

Non ci avevo pensato. Avevo molto da imparare sul fare il sicario a parte uccidere. Quello mi veniva bene, ma il resto? Chiaramente dovevo lavorarci un po'.

«Ho fatto un casino,» ammisi, passandomi una mano tra i capelli. «Scusa. È solo che...»

«Hai davvero trovato la tua compagna?» Il tono di Rob si addolcì.

Il mio petto fu travolto dalla stessa sensazione esilarante che avevo provato nel primo istante in cui avevo sentito il suo odore. Era in parte esaltazione e in parte come tornare a casa. La percezione di essermi perso e ritrovato allo stesso tempo. «Già. Ne sono sicuro. Il mio lupo ha voluto marchiarla nell'istante in cui ci siamo toccati.»

«Ed è quello che avete fatto tutta la notte? *Toccarvi?*»

Mi schiarii la gola e cercai di non sorridere. «Ehm, sì, praticamente. Non ero certo che fosse pronta a farsi trascinare via dalla proprietà da me, sebbene sia ciò che ho in mente di fare non appena sarà mattina.»

«Sei sicuro che lui non ci sia?»

«Lei dice che è fuori città. È stato qui per qualche settimana. Ora muto e vado a perlustrare l'intero ranch, però, giusto per esserne sicuro. Anche se le ha detto che se ne stava andando, questo posto è immenso e potrebbe nascondersi senza che lei lo venga mai a sapere. Da quel che mi pare di capire, il suo lavoro la tiene nella dimora principale.»

«Già. Non c'è modo di sapere chi o cosa si trovi su quella proprietà. Se sta trafficando femmine, potrebbe tenerle lì.»

Non mi piaceva quell'idea. Specie adesso, con Lyssa tanto vicina a un essere così malvagio. «Lo scoprirò.»

«Voglio un rapporto completo prima che torni dalla tua compagna. A prescindere dall'orario. Chiaro?»

Io annuii e scrutai l'oscurità. Era un posto perfetto per correre e adesso avevo uno scopo per farlo. «Sì, Alfa.»

«Bene. Sei ancora nei guai.»

Emisi un sospiro. «Lo so, Alfa. Avrei dovuto chiamare prima. Ho sbagliato.»

«Eccome. Ora mettiti a cercare.»

«Sissignore. Ti mando un messaggio quando ho finito.»

Riagganciai e posai il cellulare su una sdraio accanto alla piscina. Poi mutai e mi misi a quattro zampe.

L'unico modo per indagare in un momento del genere era sotto forma di lupo. Il mio senso dell'olfatto era migliore. Riuscivo a vedere al buio. Avevo un'ottima resistenza e potevo correre per miglia e miglia. In più, mi fidavo del fatto che gli istinti del mio lupo mi avrebbero portato ovunque avessi avuto bisogno di andare. Partii, trottando col naso a terra, cogliendo i vari odori sulla proprietà.

Come mi ero aspettato, persi presto la traccia di Lyssa. Lei non usciva molto dalla dimora principale, dunque. Al mio lupo non piaceva allontanarsi tanto da lei, ma era al sicuro nel suo letto e io avevo gli ordini del mio alfa da eseguire.

Mentre proseguivo, trovai un fienile vuoto. Niente cavalli né bestiame all'interno. Nessun odore fresco di umani o mutanti. Non ci passava nessuno da diverso tempo. Cercai dei nascondigli – botole o seminterrati segreti – ma non trovai nulla. Feci tutto il giro della grossa proprietà recintata, ma non colsi alcun odore fresco. Oltre il recinto c'erano dei pascoli. Annusai odore di bestiame al vento e stimai che si trovasse ad almeno duecento iarde di distanza. Oltre i pascoli non c'era alcuna struttura.

Via libera.

Tornai di corsa alla proprietà e mutai in forma umana. Sudato e sporco, non sarei potuto tornare a letto da Lyssa così, per cui entrai in piscina e mi immersi. Mi ero aspettato che fosse fredda, ma essere miliardari significava acqua calda. Nel Montana. A fine settembre.

Presi il mio cellulare e tornai in casa, dove afferrai un asciugamano dalla lavanderia e mi asciugai. Una volta finito, iniziai a perlustrare in cerca di indizi circa la posizione di Chapman.

Trovai le sue stanze seguendo l'odore del mutante. Era tenue. Non si trovava lì da un po', come aveva detto Lyssa. Scassinai la serratura della sua enorme camera da letto e frugai tra le sue cose. Il guardaroba di un miliardario. Lussuosi stivali da cowboy che non avevano mai visto un granello di vera polvere. Nulla di personale, niente fotografie o documenti.

Trovai il suo ufficio e feci per scassinarne la serratura, ma lo trovai aperto.

Sulla scrivania c'era una pila ordinata di lettere aperte. Presi quella in cima e la annusai.

Sapeva di Lyssa. Quello faceva parte dei suoi doveri di custode, dunque.

Esplorai l'ufficio, alla ricerca di una cassaforte o di un pannello segreto o qualunque altra roba strana introducessero i cattivi miliardari nel loro lavoro, ma non trovai nulla.

Di nuovo, niente fotografie o documenti personali. Nulla che dimostrasse che quel tipo passasse mai del tempo su quella proprietà. Sembrava una facciata. Probabilmente una proprietà da diecimila acri utile solo a ottenere delle deduzioni fiscali.

Quei terreni non erano il luogo in cui facesse nulla di quanto era accusato. Mentre mandavo un messaggio a Rob riguardo alle mie scoperte, sentii Lyssa destarsi nella camera da letto.

Cazzo! Corsi in silenzio giù per le scale e mi precipitai verso l'ala di Lyssa...

«Johnny?»

Mi diressi in cucina, buttando il cellulare sopra il frigo prima di aprirlo. «Oh, ciao, piccola.» Resi la mia voce lenta e assonnata, sebbene avessi il cuore che batteva a mille. «Hai fame? Stavo giusto per versarmi un bicchiere di latte.»

«Oh, pensavo stessi sgattaiolando via o qualcosa del genere.»

Io mi voltai, il cartone del latte in una mano, e feci scorrere l'altro braccio attorno alla sua vita. «Non esiste, piccola. Gomma a terra, ricordi? E poi, nel caso non l'avessi notato, sono nudo come il giorno in cui sono nato.» Le feci l'occhiolino e lei mi sorrise, per poi appoggiare la testa al mio petto.

«Questa cosa è una follia,» borbottò. «Tu sei pazzo.»

«Già.» Le diedi un bacio sulla testa, chiusi gli occhi e inalai il suo odore. «Pazzo di te.»

10

EMMA

Mi svegliai col piacere del corpo di un uomo avvolto attorno al mio. Mi trovavo nel Montana, in un enorme letto di lusso, accoccolata contro un cowboy figo. Johnny aveva un braccio stretto in maniera protettiva attorno a me e tutto il suo corpo premuto contro la mia schiena.

Era come un sogno.

Tutto il giorno prima, dall'istante in cui Cowboy Figo si era presentato alla mia porta, sembrava un sogno.

Come se, nel momento in cui avevo deciso di dire di essere Lyssa e mi ero licenziata dal mio lavoro, fossi anche diventata fortunata.

In qualche modo, le cose erano magicamente andate al loro posto e basta, per me. Un attimo prima stavo bruciando dei biscotti, quello dopo un generoso uomo attraente era entrato in casa e si era preso cura di tutte le mie necessità sessuali, che non sapevo nemmeno di avere. E diamine, se non le avevo adesso.

Ovviamente, tutte le cose belle devono finire. Lui doveva tornare al ranch in cui lavorava. Io dovevo smettere di fingere di essere Lyssa e capire quali sarebbero stati i passi successivi nella mia vita. Dovevo anche fingere di *essere* Lyssa abbastanza a lungo da scendere dal letto, lanciargli i suoi abiti e salutarlo con la mano mentre lui si allontanava senza il minimo ripensamento. Davvero lei si faceva una sveltina selvaggia e sexy con un uomo e poi, al levar del sole, semplicemente... passava oltre? I suoi sentimenti per le persone erano tanto super-ficiali? Tanto leggeri? Non credevo di poterla emulare perché provavo qualcosa per Johnny ed era più che un piacere folle.

Lui aveva detto di essere pazzo di me. Anch'io ero pazza di lui. E magari un tantino pazza e basta.

Sospirai e mi spostai, il mio culo che premeva contro di lui all'indietro, e il suo cazzo si indurì subito contro di me. Oddio.

«Buongiorno, bellezza.»

Bellezza. Non mi chiamavano spesso così, a differenza di Lyssa, sebbene fossimo identiche. Lei *indossava* la bellezza. *Esprimeva* la sua bellezza. La viveva.

Io la ingabbiavo. La trattenevo. La reprimevo, così da non attirare troppo l'attenzione.

Lyssa aveva sempre risucchiato tutte le attenzioni dell'ambiente circostante. Perfino ora che ci vedevamo di rado e non ci trovavamo più nella stessa stanza per venire messe a confronto dagli altri.

La mano di Johnny mi scorse lungo il fianco per stringermi un seno.

«Mmh.» Mi lasciai andare contro di lui.

Lui fece scorrere il pollice sulla punta del mio capezzolo, che si inturgidì. I suoi denti mi mordicchiarono la spalla e lui gemette, il suo cazzo che si induriva nel punto in cui era intrappolato contro il mio culo. Si spostò e la sua erezione si insinuò tra le mie gambe, la punta morbida che scivolava sopra la mia apertura.

Dannazione, ero già bagnata? Non mi aveva ancora nemmeno toccata là sotto. Il mio corpo sembrava scaldarsi e prepararsi ogni volta che ero vicina a quell'uomo.

«Hai un altro preservativo?» mormorai.

Lui trasse un brusco respiro mentre il suo uccello pompava nello spazio tra le mie gambe e la mia fica. «Oh, piccola.» Sembrava quasi addolorato. Come se avesse avuto bisogno di me tanto quanto io sembravo averne di lui. «Vuoi cavalcare di nuovo il tuo cowboy?»

Dio, il suo ringhio tonante era la mia fine. «A-ha.»

«Due secondi.» Mi baciò il collo. «Non muoverti.» Rotolò giù dal letto e si fiondò sui propri jeans sul pavimento. Io calciai via le coperte dalle gambe, già accaldata. Di solito non dormivo nuda, per cui la cosa intensificava le sensazioni per me, in quel momento. La mia pelle accarezzata da lenzuola di lusso. Nulla tra le mie gambe ad assorbire il miele liquido che colava per Johnny.

Lui tornò a letto con il pacchetto di un preservativo già aperto.

«Aspetta, aspetta.» Mi alzai a sedere.

Lui si fermò subito e incrociò il mio sguardo. Quel tipo faceva sul serio riguardo alla consensualità: cosa che mi faceva sentire al sicuro con lui.

Io ghignai, gli tolsi il preservativo di mano e indicai il letto. «Sdraiati sulla schiena, cowboy.»

Lui mi rivolse un sorrisetto lento e pigro mentre obbediva, intrecciando le mani dietro la testa nell'immagine perfetta di una posa da calendario cowboy. Era il mio Mister settembre.

Io mi sfregai le labbra mentre osservavo il suo bellissimo corpo nudo. Era puri muscoli. Aveva la pelle abbronzata. Il petto con una spruzzata di riccioli scuri dello stesso colore dei suoi capelli. Era bellissimo.

Salii a cavalcioni sulle sue cosce, col desiderio di esplorare. Lasciai cadere il preservativo accanto a lui e feci scorrere le mani sui suoi pettorali, adorando la definizione muscolare. Il modo in cui gli si indurirono i capezzoli quando li toccai. Mi chinai e vi feci scorrere sopra la lingua come aveva fatto lui coi miei.

Lui gemette. «Mi stai uccidendo, piccola. Come puoi essere così eccitante?»

Io risi. Mi faceva *sentire* bella. Era tutto troppo fantastico per crederci.

Non volevo che quella cosa finisse, ma Dio solo sapeva se non mi meritavo quell'ultima scopata sexy nei panni di Lyssa.

Feci scorrere la punta delle dita lungo i suoi addominali scolpiti e seguii quel percorso glorioso dritto fino al suo cazzo. Ce l'aveva spesso e duro per me, e si sollevava in cerca di attenzioni.

Gliele concessi.

Ne afferrai la base e lo masturbai lentamente fino alla punta mentre sostenevo il suo sguardo.

«Stringi più forte,» mi indicò lui.

Io feci come voleva e lui gemette.

I suoi occhi catturarono la luce e sembrarono quasi dorati, invece che castani. Sostenni il suo sguardo mentre abbassavo la bocca fino alla punta della sua erezione. Gli mostrai la lingua, ma rimasi sospesa sopra di lui, stuzzicandolo.

Una goccia di liquido seminale gli colò dalla fessura e io vi feci saettare sopra la lingua. «Mmh,» gemetti al sapore salato.

Johnny non era più l'immagine del cowboy a riposo. I suoi pugni stringevano il cuscino a entrambi i lati della sua testa. «Cazzo, Lyssa,» ringhiò. «Sto morendo.»

«Di cosa hai bisogno, cowboy?» feci le fusa io, ricompensandolo con una lenta leccata attorno alla punta.

«Di quello,» grugnì lui. «Non fosse che...»

«Non fosse che?» Feci girare la punta della lingua lungo un lato della sua erezione.

Lui si sfregò una mano sugli occhi, come se guardarmi fosse stato troppo.

«Non fosse che sto facendo una gran fatica a trattenermi, piccola. Vorrei buttarti sulla schiena e scoparti fino a rompere il letto.»

Mi scappò una risatina sconvolta. Uhm... wow. Molto esplicito. E *sexy*.

Molto eccitante. Nessun uomo aveva *mai* voluto rompere un letto con me.

«Ma a quel punto ti perderesti questo.» Gli presi l'erezione in bocca e abbassai la testa, prendendolo il più a fondo possibile.

Non sapevo come arrivare fino in fondo. Lyssa me l'aveva spiegato, ma onestamente non avevo fatto abbastanza pratica da imparare a non strozzarmi, per cui cambiai tattica e lo presi nell'incavo della guancia.

Lui lo adorò. Le sue mani si contorsero sopra la sua testa mentre le sue cosce si irrigidivano e tremavano. Gli si contrassero i testicoli.

Io inizialmente ci andai piano, muovendo la testa su e giù sulla sua erezione, aggiungendo un pugno stretto alla base così che avesse la sensazione che lo stessi prendendo tutto in bocca, un altro consiglio di Lyssa, ovviamente. Poi accelerai e strinsi la presa, succhiando forte ogni volta che tornavo su, spremendo letteralmente la sua erezione in attesa del suo seme.

«Lyssa... cazzo, *Lyssa*.»

Per un attimo, mi immobilizzai. Sentire il nome di mia sorella sulle sue labbra mi provocò un tumulto di emozioni. Una parte era incitata nel continuare a spacciarmi per un'altra. Mi permetteva di lasciarmi andare e darci dentro.

Tuttavia, odiavo anche sentirlo chiamarmi col suo nome. Volevo sentire il *mio* nome sulle sue labbra. Il mio nome pronunciato con un tale desiderio affannato.

Quando gli strinsi i testicoli con la mano libera e cominciai a massaggiarli, Johnny perse davvero la testa.

«Oh merda.»

Il rumore di stoffa che si strappava mi fece sollevare di scatto la testa dalla sua erezione e trovai piume che volavano ovunque, riempiendo la stanza.

Aveva spezzato in due il cuscino dietro la sua testa!

«Oddio!» Risi mentre una piuma o due mi sfioravano il viso.

«Cazzo. Scusa.» Si sollevò sui gomiti. «Te l'avevo detto che non riuscivo a farcela. Sei troppo sexy, piccola. Non mi sono mai sentito così prima d'ora.»

Qualcosa di timido, impaurito e vulnerabile dentro di me si immobilizzò.

Non la parte che fingeva di essere Lyssa, ma la vera me. Emma. Adoravo il fatto che avesse detto così, ma lui pensava che io fossi Lyssa. Che quel legame fosse tra lui, che era così reale, e una versione finta di me. Una menzogna. Solo che i miei sentimenti erano tutti miei. Quelli non potevo inventarli.

«Nemmeno io,» sussurrai.

«Ti prego, lascia che ti scopi, adesso, piccola. Altrimenti farò a pezzi tutto il letto nell'attesa.»

Io risi di nuovo e afferrai il preservativo. Quando mi mossi impacciata per infilarglielo, lui mi diede una mano, dopodiché ci fece ribaltare così che io fossi sulla schiena e lui sopra di me.

Mi scaricò addosso un po' del suo peso e io mi sentii protetta. Dominata.

«Ti va bene se conduco io il gioco, piccola? Morirò se non ti penetro subito.»

Tutto ciò che diceva portava al limite anche me.

Tuttavia, lui attese il mio permesso.

Annuii.

«Grazie al cielo, piccola.» Mi sollevò entrambe le ginocchia e vi si infilò in mezzo, allineando l'erezione protetta alla mia apertura. «Di norma me la prenderei comoda, ma riesco a sentire l'odore di quanto sei pronta per me e ho perso il controllo, ormai.» Sfregò la punta della sua erezione contro la mia fessura e mi allargò le labbra.

«Riesci a sentire il mio *odore*?» Oddio... che voleva dire? Era schifato? Non sembrava, ma avrei dovuto forse farmi prima una doccia?

Lui si infilò dentro. «Intendo che lo percepisco. Visto? Mi hai incasinato.» Il suo ghigno mi annientò.

Quell'uomo era eccitante in maniera letale.

«Sei indolenzita da ieri sera?»

Io mi dimenai per prenderlo più a fondo. «Un po'. Ma non fermarti. È bellissimo.»

Adoravo farmi allargare e riempire da lui. C'era qualcosa di soddisfacente a livello esistenziale. Come se per tutta la mia vita avessi aspettato di fare sesso esclusivamente con quell'uomo.

Ma era una follia.

«Lyssa,» gemette lui, andando a fondo per poi tirarsi lentamente indietro.

Non volevo sentire il suo nome. Invece di farmi sentire selvaggia e disinibita, mi faceva sentire una bugiarda. Come se, per quanto fossimo nudi, non ci fosse *nulla* tra noi a parte la verità.

Allacciai le caviglie dietro la sua schiena e sfruttai le gambe per attirarlo a me.

«Cazzo,» borbottò lui. «Cazzo, piccola.»

Così andava meglio. *Piccola* mi piaceva molto più di *Lyssa* in quel momento.

Lo spronai ad andare più veloce. I suoi occhi sembravano dorati, sebbene la luce non potesse colpirli in quel momento.

Dio, era bellissimo.

Lui ringhiò. «Sto ancora morendo, piccola.»

«Dacci dentro,» lo spronai, ricordandomi della sua minaccia di rompere il letto. «Fammi vedere che sai fare.»

Lui emise uno strano ringhio – quasi come un leone o un orso – e si spinse dentro di me. «Scusa,» trasalì, appoggiando una mano alla testiera per reggersi mentre i suoi fianchi si impennavano per spingere forte. «Dimmelo se è troppo.»

Io non potevo rispondere, troppo impegnata ad adattarmi a quell'intensità. Alle sue dimensioni e alla forza con la quale stava spingendo.

«Promesso, piccola?»

«Promesso,» annaspai io, usando le mani sopra la mia testa per tenermi alla testiera dietro di me.

Dannazione, era premuroso. A quale uomo importava tanto? Quale uomo diventava tanto passionale, se era per quello?

Quel tipo era incredibile. Uno su un milione, sicuro.

Celebrai la mia breve comparsa come Lyssa la Fortunata e allo stesso tempo rimpiansi il fatto che probabilmente sarebbe finita non appena lui fosse venuto.

Lui continuò a pompare, il fiato corto, il viso contorto dal piacere. «Scusa,» trasalì. «Mi spiace che duri così poco. È solo che...»

Si leccò il pollice e me lo portò al clitoride.

Solo quel minimo contatto e strillai mentre venivo travolta da un orgasmo. I miei muscoli interni si contrassero. Le mie cosce si strinsero attorno alla sua vita.

Lui ruggì e si spinse a fondo, venendo con un forte brivido che scosse il letto. Il mio orgasmo proseguì, in pulsazioni e spasmi che mi fecero girare la testa mentre lui si accasciava sopra di me e affondava il viso nel mio collo.

«Oh, piccola.» I suoi baci furono delle scuse. «È stato tutto per me e mi dispiace. Ho perso completamente il controllo.»

Io rimasi lì sdraiata, floscia e madida sul letto, sazia. «No, sto bene. È stato bellissimo.»

«Davvero?» Sollevò la testa per scrutarmi in volto.

Io allungai una mano per fargli scorrere il palmo sull'accenno di barba. «Bellissimo.»

Mi rivolse un sorrisetto. «Torna a casa con me,» disse. «Al Wolf Ranch.»

Io inarcai le sopracciglia. «Cosa? Non...»

Stavo per dire *Non posso*, ma mi fermai.

Perché non potevo?

Quel lavoro non era nemmeno mio. Io non ero Lyssa. Era *lei* quella che aveva abbandonato il suo posto sul ranch per un tipo e per Ibiza. Se poteva farlo lei, be', diamine, perché non avrei dovuto farlo io?

E poi, io stavo impersonando Lyssa in quel momento: e guarda quanto mi stava andando bene.

Per cui, se mi fossi posta la domanda, *Cosa farebbe Lyssa?* la risposta era semplicissima.

Lyssa sarebbe andata con Cowboy Figo senza esitazione. Non avrebbe mai rinunciato all'opportunità di ottenere altri orgasmi sconvolgenti per fare la brava ragazza e restare a ricevere la posta sul ranch di un qualche miliardario. Non l'aveva fatto. Non avrei dovuto neanch'io.

Lei aveva preso il toro per le corna. Aveva incassato il suo stipendio per non aver fatto nulla e se n'era pure andata a spassarsela con un sultano.

Per cui sì. Potevo farlo. Era incosciente, imprudente e folle, ma lo stesso valeva per l'aver fatto entrare quel tipo nella villa il giorno prima.

Ero Lyssa la Fortunata in quel preciso istante, la gemella che sapeva come spassarsela. La gemella che non esitava mai, che si metteva al primo posto e a cui veniva servito tutto su un piatto d'argento.

Rivolsi un sorriso radioso al mio cowboy figo. «Mi piacerebbe molto.»

11

JOHNNY

Dopo mezz'ora di viaggio, Lyssa si addormentò, la testa piegata di lato. Il mio lupo si gonfiò di orgoglio al pensiero di averla scopata fino allo sfinimento. Perché era esattamente ciò che avevo fatto. Io non mi ero addormentato solo perché il mio lupo era troppo eccitato dall'aver trovato la nostra compagna e che ce la stessimo portando a casa. Avevo abbassato la radio e mi ero goduto la pace di averla con me mentre percorrevo le stradine tranquille.

Lyssa aveva preparato in fretta un borsone per fermarsi la notte. Avrei voluto dirle di prendere tutta la sua roba, ma avevo immaginato che sarebbe stato esagerato.

Quando le avevo chiesto: «Sei sicura di non avere bisogno di altro?» lei aveva esitato per poi afferrare una scatola di cartone da sotto il letto, arrossendo.

«Cos'è quella?» le avevo chiesto, prendendogliela così che non dovesse portare nulla. «Wow, oh!» La scatola era aperta in cima ed era piena di sex toy ancora incartati. Dildo. Manette imbottite. Un frustino di pelle. E altro.

Il mio lupo aveva esultato per il fatto che non fossero stati aperti. Nessun altro aveva usato quei giocattolini sulla nostra compagna.

«Già,» aveva detto lei per poi rivolgermi una piccola scrollata di spalle, ignorando il fatto di aver avuto uno stuolo di sex toy nascosto sotto il letto e di aver deciso di condividerli. Ciò significava che voleva usarli. Con me.

Cazzo, sì.

«A Lyssa piacciono le cose perverse,» aveva detto, parlando di sé in terza persona.

«Allora piacciono anche a me,» avevo detto io facendole l'occhiolino.

Cazzo, sì. Non vedevo l'ora di usare quei giocattolini con lei. Non vedevo l'ora di trovarci di nuovo su una superficie orizzontale insieme.

Al passaggio dell'auto sotto l'arcata d'ingresso del Wolf Ranch, sospirai di sollievo.

Appoggia una mano sulla coscia di Lyssa e mormorai: «Svegliati, piccola.»

Sì. Avevo la mia compagna ed eravamo a casa. Il mio lupo trovava rassicurazione nel sapere che lei era al sicuro lì. Non sapere dove fosse Chapman rendeva me e il mio lupo nervosi. Lei lavorava per quello stronzo. Probabilmente non sapeva che era un mutante. Di certo non sapeva che rapiva femmine e le vendeva sul mercato nero. Con lei in *questo* ranch, non le sarebbe capitato nulla di male. Era compito mio in quanto sicario tenere al sicuro l'intero branco, ed era compito mio in quanto compagno assicurarmi che lei fosse protetta e felice. Il tutto messo insieme significava che ero un tantino determinato al riguardo.

Volevo mostrarle la baracca. Diamine, volevo mostrarle il mio letto. Il *nostro* letto.

Prima, però, l'avrei presentata a Rob.

Lei era il motivo per cui non avevo comunicato con lui come avrei dovuto. Inoltre, lei era umana e non sapeva nulla dei mutanti. L'unico modo per non farmi staccare la testa da lui – metaforicamente e forse letteralmente – era che fosse la mia compagna. Avevo visto un uomo dopo l'altro al ranch fare stupidaggini quando trovavano le loro compagne. Incluso Rob stesso.

Tuttavia, temevo l'ira del mio alfa, ma tendevo anche a ignorarlo, ora, perché Lyssa era la mia compagna. LA MIA COMPAGNA. Lei veniva prima di tutto. Era la mia priorità. Era la mia vita, adesso.

Lyssa si destò e sbatté le palpebre. Si guardò attorno mentre io procedevo a sobbalzi sul lungo vialetto fino alla casa principale. «Ci siamo?»

«Già. Devo passare dentro a parlare col mio capo.» *Il mio alfa.* «Puoi conoscere tutti.»

Lei spalancò gli occhi. «Conoscere tutti? Chi sono *tutti*? Non sono vestita nel modo adatto per conoscere un gruppo di persone. Non sono nemmeno riuscita ad asciugarmi i capelli prima di andarcene e...»

Io non potei fare a meno di trovarla divertente, ma capivo il suo nervosismo. «Ti adoreranno. E a me piacciono i tuoi capelli così.» Allungai una mano e le strattonai una ciocca folta. «Selvaggi, proprio come te.»

Lei arrossì e abbassò l'aletta parasole per guardarsi nello specchietto. Dopo aver armeggiato un po' coi suoi capelli, ne parve soddisfatta sebbene a me sembrassero proprio come prima.

Parcheggiai accanto alla casa. A giudicare dagli altri pickup, c'erano Rob e Colton. Avrebbe potuto esserci anche Body, ma lui spesso parcheggiava accanto al fienile.

Facendo il giro dell'auto, l'aiutai a scendere. Le diedi un bacio per rassicurarla sebbene fosse più perché erano passate ore dall'ultima volta che avevo posato le labbra sulle sue.

Bussai alla porta laterale ed entrai in cucina. Sebbene quella fosse casa di Rob, Willow, Colton e Marina, era anche la colonna portante del ranch. Tutti, a prescindere dal loro ruolo, mangiavano spesso attorno all'enorme tavolo della cucina. Sembrava palese, ma era così che legavamo tra noi.

«Ciao!» Marina si trovava all'estremità dell'isola davanti a un'impastatrice. Stava girando, mescolando qualcosa di delizioso. La stanza sapeva di vaniglia e caffè. Marina era la compagna di Colton e Audrey, quella di Boyd, era sua sorella. E umana. Lei era molto più giovane di Audrey, e di Colton. Più vicina alla mia età, aveva lunghi riccioli castani e un delizioso interesse per la pasticceria.

«Buongiorno.» Attirai Lyssa a me e le avvolsi un braccio attorno alla vita. «Marina, lei è Lyssa. Lyssa, lei è Marina. È la... ragazza di Colton Wolf.»

Marina scrutò Lyssa senza esibire altro che affetto e curiosità. Il fatto che avessi detto *ragazza* era un modo facile per farle capire che Lyssa non sapeva dei mutanti, altrimenti l'avrei chiamata la *compagna* di Colton. «Ma ciao! Piacere di conoscerti e sono felice di avere un'altra ragazza nei paraggi. Vuoi del caffè? Ne ho appena preparato un po'.»

Io abbassai lo sguardo su Lyssa, che annuì, per cui andai a versarne una tazza a entrambi.

«Che stai preparano?» chiese Lyssa a Marina.

«Oh, è per la torta di compleanno di un bimbo di cinque anni. Sarà a tema spaziale. Poi ne preparerò un'altra per un anniversario.» Si interruppe. Rise. «Preparo un sacco di torte.»

«È il tuo lavoro?»

Marina annuì. «Sì, ma non ufficialmente. Solo per passaparola. Non voglio una vetrina in città visto che così avrei troppo lavoro e, be', mi piace stare qui con Colton. Ma in un piccolo paesino come Cooper Valley, ricevo parecchie richieste.»

«Sono colpita.»

Marina piegò la testa di lato. «Ti piacciono i dolci?»

Lyssa agitò una mano per aria. «A chi non piacciono?»

«Johnny, lei già mi piace.» Marina mi fece l'occhiolino.

Io le rivolsi un ghigno malizioso mentre porgevo a Lyssa una tazza. «Vuoi del latte o dello zucchero?»

Lei scosse la testa. «No, amaro va bene.»

Entrò Colton e diede un bacio a Marina sulla tempia. Indossava dei jeans e una maglietta, i suoi soliti abiti da lavoro. In quel momento della giornata, non ero certo se fosse appena rientrato dai suoi incarichi o se stesse per uscire.

Rob e Willow lo seguirono poco dopo, avendoci sentito parlare. Li presentai entrambi a Lyssa e Rob e Willow si versarono del caffè appena fatto.

«Allora, dove vi siete conosciuti tu e Johnny?» chiese Colton. Sembrava una domanda innocente, ma sapevo che attendevano tutti con ansia quella risposta. Non avrei riportato lì una femmina a meno che non fosse stata la mia compagna. Specie non nella casa principale.

«Lei, ehm, lavora per Mitch Chapman al suo ranch.»

«Oh?» Colton inarcò le sopracciglia, avendo chiaramente sentito parlare di lui da suo fratello. Rivolse la propria attenzione a Lyssa. «Da quanto tempo lavori per lui?»

Lei distolse lo sguardo. «Oh, ecco... non da molto. Un paio di mesi. È un... lavoro di passaggio, per me.»

Sembrava a disagio. Sentivo odore di una traccia di ansia che celava una menzogna. Ma su cosa avrebbe dovuto mentire?

Ah. Ricordai cosa aveva detto riguardo alla sua vera professione e mi intromisi subito per metterla a suo agio. «Lyssa è una designer di effetti speciali.»

«Non mi dire!» esclamò Marina. «Tipo per i film?»

Lyssa annuì. «Sì.»

Mi presi a calci da solo perché non conoscevo la risposta. Avevo ancora migliaia di cose da imparare riguardo alla femmina con la quale avrei passato il resto della mia vita, e la prima era come convincerla del fatto che fosse mia.

«Allora, per chi lavori?» chiese Willow. «Puoi farlo da remoto?»

Di nuovo, Lyssa parve a disagio. «Io, ecco, lavoravo per un'azienda a Hollywood, ma mi sono licenziata poco prima di venire qui.»

Rob mi lanciò un'occhiata.

Come me, aveva colto la sua esitazione. Quasi come se non avesse voluto condividere di più. Ma poteva trattarsi di qualunque cosa. Magari era stata licenziata invece di andarsene di sua volontà. Magari non le piaceva farsi fare il terzo grado dai miei compagni di branco.

Forse stava progredendo tutto troppo in fretta per una persona che avevo conosciuto solo il giorno prima. Lei pensava di stare avendo una storiella selvaggia e io l'avevo portata a conoscere la mia famiglia. Immaginai che potesse essere imbarazzante.

Avrei dovuto portarla via di lì. Dovevamo conoscerci meglio al di fuori delle lenzuola. E anche al di sotto di esse.

Tuttavia, Rob adesso era in modalità terzo grado. «Ti piace la vita al ranch? Cosa ti fa fare Mitch laggiù?»

Lyssa spalancò gli occhi e fece uno scatto che le fece rovesciare il caffè sul pavimento della cucina. «Oh, ooops!» Si guardò attorno in cerca di un canovaccio.

«Non preoccuparti.» Ne presi uno dalla maniglia del forno e asciugai a terra, cercando di metterla a suo agio. La mia compagna si stava innervosendo. Non volevo che rimpiangesse di essere venuta lì con me. «Okay, ora basta fare il terzo grado alla mia ragazza.»

«Ragazza?» Sollevò lo sguardo verso di me, le sue sopracciglia scure aggrottate in un'espressione sorpresa.

Oops. L'avevo fatta innervosire io? Se non altro non avevo detto *compagna*.

Le rivolsi un sorriso sghembo, per allentare la tensione. «Partner focosa? Nuova amica? Cosa preferisci?»

I nostri sguardi si incrociarono e li sostenemmo, e mi

rivolse un sorriso più sicuro. «Non so. Facciamo *partner focosa*. A Lyssa piacciono i partner focosi.»

Era carino quando parlava di sé in terza persona. Strano, ma carino.

«Be', ragazzi.» Feci passare un braccio attorno alla vita di Lyssa. «Ora porto la mia partner focosa a un appuntamento di fuoco. O qualcosa del genere. Mentre lavoro,» aggiunsi sollevando il cappello in direzione di Rob.

«Già, a proposito di lavoro, facciamoci un attimo due chiacchiere nel mio ufficio,» disse Rob.

Guardai Lyssa.

Willow si sistemò su uno sgabello alto davanti all'isola e picchiettò quello accanto a sé per Lyssa. «Le terremo compagnia noi.»

«Stai bene?» le chiesi io, cercando rassicurazione.

Lei sprofondò sullo sgabello e annuì, sollevando la propria tazza.

«Se la caverà,» promise Maria. «Le racconteremo di quando sei caduto da cavallo.»

Lyssa spalancò la bocca.

«Sta scherzando,» le dissi io facendole l'occhiolino. «Non è mai successo.»

Era successo, in realtà, non appena ero arrivato. Ero un contadinotto di un branco del Nebraska, non un cowboy. Ero cresciuto in sella a dei trattori, non a dei cavalli. Ovviamente, se avesse fatto sorridere Lyssa, non mi sarebbe importato che Marina si divertisse a mie spese.

Diedi un bacio sulla testa a Lyssa –un gesto più da fidanzato che da partner focoso – e seguii Rob nel suo ufficio.

«Chiudi la porta.» Si sistemò sulla sua sedia da ufficio.

Io feci come aveva chiesto, per poi prendere posto di fronte a lui.

«Chapman è scomparso. Nessuno dei sicari ha trovato alcuna traccia di lui,» mi disse Rob.

Io mi grattai la testa. «Non possiamo far indagare Levi dal punto di vista delle autorità? Controllare i registri di volo e roba del genere. Se quel tipo fosse in vacanza in Grecia o qualcosa di simile, sarebbe uno spreco di tempo continuare la nostra ricerca.»

Rob si appoggiò allo schienale e incrociò le braccia al petto. «Oppure potresti cercare di cavarlo di bocca a quella tua ragazza... o partner focosa.»

Io deglutii. «Già, lo so, ma detesto l'idea di violare la fiducia di Lyssa mettendola in mezzo a questa storia.»

«Ci è già in mezzo. Da quanto svolge la sua mansione?»

Ripensai a quanto aveva detto. «Un paio di mesi.»

«E cos'è successo alla custode precedente?»

Avevo riflettuto sulla stessa domanda il giorno prima, ma non così attentamente. Il mio lupo ringhiò e io strinsi i braccioli della sedia fino a quando non si ruppero.

Deglutii per poi chiedere: «Pensi che quella posizione serva a... ad alimentare i suoi traffici?»

Il che significava che Chapman assumeva donne per lavorare al ranch, le isolava dalla loro famiglia e dai loro amici, magari assumeva perfino donne che non ne avessero, per poi farle sparire. Porca puttana.

«È una possibilità,» ammise Rob.

«Ma Lyssa è umana.»

«Il Consiglio non ha lavorato con le autorità umane per questa storia. È possibile che siano scomparse anche femmine umane. La giurisdizione del Consiglio copre solo i mutanti.»

«Cazzo,» borbottai e balzai in piedi. Presi a fare avanti e indietro.

«Allora, riguardo a questa tua compagna.»

«Sì,» replicai io, ma con diffidenza. Mai, nemmeno una volta sin da quando ero giunto al Wolf Ranch cinque anni prima, mi ero opposto al mio alfa. Non solo perché fosse, be', l'alfa, ma perché avevo avuto paura di venire esiliato di nuovo se avessi fatto qualcosa di sbagliato.

Lyssa, però, era la mia compagna e io mi sarei opposto a lui per lei.

«Sa di noi?»

«Ovvio che no. L'ho conosciuta appena ieri.»

«Sei sicuro che non sappia della nostra specie?»

«No.» Allargai le braccia. «Vuoi che le chieda se sa che il suo capo si trasforma in un lupo quando non si mette a vendere femmine?»

«Non lo so. Sei un tipo in gamba. Sono certo che troverai un modo per scoprire tutto ciò che sa o che ignora.»

Lo stomaco mi si annodò.

Il mio lupo non era d'accordo. Manipolare o sfruttare la mia compagna non mi sembrava giusto.

Però io ero un sicario, ormai. Come un alfa, il mio compito era proteggere e difendere i deboli. Trovare Chapman era della massima importanza, anche se avevo una compagna.

Diamine, soprattutto perché avevo una compagna. Prima avessi eliminato qualunque minaccia nei suoi confronti, meglio sarebbe stato.

«Senti, prenditi un paio di giorni lontano dal ranch per concentrarti su di lei. Falla legare a te e scopri tutto ciò che riesci sul suo conto, su Chapman e sul suo ranch.»

Io annuii. «Okay.»

«Fa' tutto ciò che devi fare.» Sciolse le braccia dal petto, si sporse in avanti e mi rivolse un'occhiata eloquente. «Falla innamorare.»

Io sbuffai. «Due giorni sono un po' pochi per far innamorare un'umana, Alfa.»

Lui fece un gesto spazientito. «Lo so, ma vedi di farcela. La voglio marchiata. Prima è, meglio è.»

Io non potei fare a meno di ghignare. Sentii il collo avvampare. «Voglio marchiarla.»

Lui ridacchiò. «Pensa con la testa per un minuto, non col cazzo.»

Io sbattei le palpebre. Non si stava riferendo al fatto che marchiassi la mia compagna? Quello prevedeva averla sotto di me, nuda, che si dimenava.

«Due giorni,» ripeté Rob. «Allora, la luna sarà piena. Se lei non sarà con noi entro quel giorno, dovrai fare attenzione a non perdere il controllo e a non marchiarla senza volerlo.»

Deglutii. Merda. Già.

«E se lei non volesse restare? Se non riuscissi a farla innamorare?» chiesi, preoccupato di non essere un buon compagno per lei. Di essere un assassino. Di essere stato esiliato dal mio branco e dalla mia famiglia. Ne valevo anche solo la pena? «Lei pensa che si tratti di una storiella.»

Rob scrollò le spalle e mi rivolse un'occhiata severa. «Vedi di sbrigartela.»

Cazzo.

12

EMMA

Percepii la carenza della presenza premurosa di Johnny non appena uscì dalla cucina. Mi... mancava.

Wow. Era possibile fossi già diventata dipendente dall'averlo accanto?

Un tipo che avevo conosciuto sedici ore prima?

Avrei dovuto chiedere a Lyssa se fosse così che funzionava per lei. In qualche modo, non pensavo che lei si legasse ad alcuna delle sue storielle. Non se passava dall'una all'altra con la stessa frequenza con cui si cambiava la biancheria intima.

Era evidente che stessi affrontando quella situazione nel modo sbagliato. Avevo la fica indolenzita per via della nostra scopata da favola e del suo cazzo enorme. Ce l'aveva grosso e sapeva come usarlo. Non mi stavo lamentando. *Affatto.*

Mi schiarii la gola, consapevole di essermi messa a sognare a occhi aperti e di aver pensato al sesso di fronte a Marina, Willow e Colton. «Allora, davvero Johnny è caduto da un cavallo?» Mi attenni a un argomento neutrale e facile. Meno avessi chiesto a Marina del suo lavoro, meno lei avrebbe potuto chiedermi del mio. Cioè del lavoro che non era mio.

«Sì, in realtà.» Colton ridacchiò. Quel tipo era immenso, alto almeno un metro e novanta o novantacinque. Era tutto muscoli, a malapena celati al di sotto dei jeans e della maglietta. Aveva i capelli rasati e scuri e aveva bisogno di radersi. «Quando si è unito al nostro... ehm, quando è venuto a lavorare per noi qui al ranch aveva diciotto anni. Proveniva da una fattoria nel Nebraska e non aveva grossa esperienza con un ranch. Però era giovane e forte e seguiva bene gli ordini, per cui si è dato da fare alla grande. Fino a quando non ce l'ha più fatta. Non ci eravamo resi conto di quanto davvero poco ne sapesse.»

«Non era mai stato a cavallo prima di allora,» aggiunse Marina in quel modo adorabile che hanno le coppie di completare i propri racconti a vicenda.

Lui le sorrise. «Già. Rob gli ha detto di sellare Chestnut e lui ha fatto come gli era stato detto. Quel tipo era troppo testardo per dire la sua e ammettere di non sapere come si mettesse una dannata sella.»

«Ah...» Strinsi le labbra nel tentativo di non ridere.

«Già. Hai capito dove voglio andare a parare.» Colton ghignò.

Io annuii. «Sì, credo di sì.»

«Allora, Johnny la fa sembrare facile,» proseguì Colton. Marino tornò all'opera sulla sua torta, ma stava ascoltando. Willow sorseggiava il suo caffè in silenzio. «Sta guardando il resto di noi e mimando le nostre azioni. Salta in groppa senza problemi. È giovane ed agile, per cui sembra che gli venga naturale: un piede sulla recinzione, l'altro che passa sopra la schiena di Chestnut. Tutto giusto, no?»

Era palese che avessero già raccontato quella storia. Come se fosse stata una delle loro preferite. Dimostrava il loro cameratismo: come se Johnny non fosse stato solo un aiutante del ranch, lì, ma un membro della famiglia.

Dio, era così diverso dal mio lavoro a Hollywood. Lavorare dall'alba al tramonto, progetto dopo progetto. Una routine priva di ringraziamenti e di apprezzamento. Mi faceva morire dalla voglia di avere quello che avevano loro: cameratismo, gentilezza, divertimento, sincerità.

Nessun lavoro era soddisfacente se si odiavano le persone con cui si collaborava. Avevo sentito una statistica alla radio di recente che mi aveva rattristata. Il cinquanta percento dei lavoratori non aveva un amico al lavoro. Com'era possibile? Noi, in quanto umani, eravamo fatti per vivere e lavorare in comunità. Per vivere in villaggi o tribù. Per legare gli uni con gli altri e supportarci a vicenda.

Era così che mi ero immaginata sarebbe stato lavorare a un film: un gruppo di persone unite nel raggiungere un obiettivo comune.

Invece di avere colleghi che fossero amici, eravamo stati più colleghi di guerra, a commiserarci gli uni con gli altri riguardo a cosa fossimo costretti a fare per sopravvivere nel mondo del lavoro. E, a peggiorare le cose, io ero stata lo zerbino di Stan. Pochi giorni lontana da lì ed era così palese. Argh.

Colton non aveva finito il suo racconto. «Ci avviamo lungo la strada e lui se la sta ancora cavando bene. Tiene le redini come dovrebbe, i piedi nelle staffe.»

Sorrisi, adorando quel Johnny del passato. Rispecchiava l'immagine del tipo che già conoscevo. Quello che era entrato dritto nella villa di Chapman e aveva tirato fuori i biscotti bruciati dal forno per poi staccare l'allarme. Ci sapeva fare. Del genere sempre disponibile quando avevi bisogno di lui, pronto a rivolgerti un sorriso da sciogliere le mutande.

«E poi Rob ha visto qualcosa – non so – un buco nella recinzione davanti a noi o qualcosa del genere, e ha spronato il proprio cavallo al trotto. Johnny fa lo stesso, o almeno, ci prova, ma non aveva mai fissato la sella con le fibbie. Per cui, non appena Chestnut parte al trotto, tutta la sella di Johnny si mette a scivolare via di lato.

«Lui si aggrappa al pomello, cosa che, ovviamente,

non è affatto d'aiuto, e un attimo dopo, si ritrova per terra di schiena dove si becca un calcio in testa da parte del mio cavallo!»

Io mi premetti una mano sulla bocca. «Oh, no!»

«Oh, sì. Stava bene, però. Dovresti sapere che quel ragazzo ha la testa dura.»

Io risi. «Me lo segno.»

Johnny ricomparve dal corridoio e mi rivolse il consueto sorrisetto. Lo sentii fino alla fica, e fui travolta da un'ondata di calore. Non capivo come riuscisse a farmi sentire così sexy. Così degna della sua attenzione. Solamente con un sorriso.

Non era una sensazione a cui fossi abituata, ma dannazione se non volevo che succedesse.

«Ho sentito di Chestnut,» gli dissi.

«Tutte balle.» Johnny ridacchiò, si mise al mio fianco e mi appoggiò una mano sulla spalla. «Vuoi conoscerlo?»

Mi accigliai. «Chi, Chestnut?»

Lui ridacchiò. «Sì. Siamo migliori amici, adesso.»

Io scesi dallo sgabello e posai la mia tazza nel lavandino. «Mi piacerebbe molto conoscere Chestnut.»

Wow. Un'altra avventura. Non era Ibiza, ma ero col mio cowboy figo a fare cose nuove. Non ero bloccata in un cubicolo a farmi smerdare per la maggior parte della giornata.

Dopo aver salutato Willow, Colton e Marina, Johnny mi porse il braccio e io mi ci infilai sotto, permettendogli di accompagnarmi fuori dalla casa e lungo il vialetto di ghiaia. «Tu cavalchi?» La punta delle sue dita era appoggiata con leggerezza sul mio fondoschiena, una sensazione che mi stavo godendo al massimo.

«Io?» squittii. «No. Te lo dico subito, non so come mettere la sella a un cavallo.»

Johnny rise. «Capito. Ma lavori in un ranch. Mitch non ha dei cavalli?»

«Oh. Uhm... sai, non ne sono sicura, ma non sono stata assunta per cavalcarli.» La mia voce si fece più acuta. Ero una pessima bugiarda.

Johnny si sfregò la fronte sotto il cappello. «Non importa,» riconobbe la mia menzogna. «Non devi raccontarmi i dettagli del ranch. Mitch ti ha fatto firmare una clausola di riservatezza riguardo ai suoi affari o qualcosa del genere?»

Io sollevai sorpresa lo sguardo su di lui. Sarebbe stato un ottimo modo per evitare di rispondere alle sue domande, ma dubitavo che, se quella proprietà avesse avuto dei cavalli, tale informazione sarebbe rientrata in quel genere di clausola.

Lui mi scrutava.

Io scossi la testa. Non avevo altra scelta se non rispondere. «No, non è così. È solo che...non conosco i suoi affari. Sono un tantino imbarazzata, ma tutto ciò che faccio è ricevere la posta e le consegne,» ammisi. «È un lavoro piuttosto facile, a essere sincera.»

Lo era, e odiavo Lyssa per il fatto che scovasse certi accordi, specie se comprendevano l'andarsene a Ibiza nel bel mezzo dell'incarico. Forse sarebbe stata licenziata per aver abbandonato il lavoro, ma se la sarebbe cavata e avrebbe trovato presto qualcos'altro.

«Come sei finita lì?»

«Oh.» Altre bugie. Non mi piaceva mentire a Johnny. Era davvero necessario?

Forse no.

Ma avevo intrapreso quella strada fingendomi Lyssa e sarebbe stato imbarazzante spiegargli che non ero lei, adesso.

Comunque, il mio nome non è Lyssa, quello che hai esclamato quando mi sei venuto dentro fino in fondo ieri sera e questa mattina. Oops!

E poi, assumere il suo nome, il suo lavoro, la sua identità, mi faceva sentire come se ne avessi diritto. Come se avessi un potere personale. Quello spericolato abbandono che impersonava Lyssa. Guarda dove mi aveva portato. Un tipo sexy, del sesso eccitante e un ranch fighissimo pieno di persone fighissime.

Non volevo tornare a essere la noiosa vecchia Emma.

Non ancora, almeno.

Non se Johnny mi guardava a quel modo. Quando mi sarebbe mai ricapitata un'occasione del genere? Di esplorare il mio lato selvaggio mai sviluppato? Di farmi una storiella con un uomo che avevo appena conosciuto? Di seguire un cowboy figo fino al suo ranch solo per farmelo un altro paio di volte?

Era un sogno che si avverava e io non volevo che finisse.

«Quel lavoro mi è piovuto dal cielo, praticamente,» dissi. «Me l'ha trovato mia sorella, in realtà. Mi ero appena licenziata dal mio lavoro a Hollywood e mi serviva un posto dove stare per un po'.»

Era tutto vero.

«Figo. Peggio per loro e meglio per me.» Mi fece l'occhiolino per poi condurmi oltre le porte in legno aperte in una grossa stalla. Era spaziosa e pulita e sapeva di fieno fresco.

Una dozzina di cavalli riempivano i box. Johnny mi condusse fino a uno stallone nero e a un grigio chiazzato, sebbene non sapessi se fossero descrizioni adeguate. Da ragazzina avevo letto un paio di romanzi divertenti riguardo ai cavalli e dovevo a loro il poco che sapevo di quegli animali.

«Lui è Chestnut. Io lo chiamo Chestnut Chesterfield.»

Come previsto, Chestnut era uno stallone bruno: un bellissimo cavallo marrone rossiccio con la coda e la criniera dello stesso colore e una stella bianca sulla fronte. Il cavallo nitrì, sollevando il muso in direzione di Johnny per salutarlo.

«Ciao, Chestnut.» Non allungai una mano per toccarlo, ero troppo intimidita.

Dannazione, era grosso. Non riuscivo a credere che

Johnny fosse caduto da un animale così enorme. E si fosse beccato un calcio in testa da un altro!

Johnny allungò una mano e sfregò la fronte dell'animale. «Ciao, amico. Come stai? Colton ti ha dato da mangiare stamattina? Scusa se non ci sono stato,» mormorò in un tono profondo e rassicurante.

Mi si strinse il petto. Ascoltare Johnny parlare al suo cavallo era troppo dolce. Se avessi avuto alcun dubbio riguardo al suo carattere – e non ne avevo – sarebbe evaporato in quell'istante.

Lui mi rivolse un sorriso. «Puoi accarezzarlo.»

Trassi un respiro. Non avrei dovuto avere paura. Si supponeva che lavorassi in un ranch. Lyssa non avrebbe avuto paura. Allungai una mano e accarezzai con delicatezza la stella bianca sulla fronte del cavallo.

«Vuoi farti una cavalcata?»

Io spalancai gli occhi. *Una cavalcata?* «Io?»

Johnny rise. «Non lo stavo chiedendo a Chestnut.» Si sporse per sussurrarmi all'orecchio. «Mi viene in mente un altro genere di cavalcata, nel caso volessi farti quella, invece.»

Io arrossii – e mi si contrasse la fica – di fronte alla sua proposta alternativa.

«Che ne dici se facciamo così? Prima cavalchiamo i cavalli, dopodiché potrai cavalcare me.»

«Okay,» esalai, gradendo l'idea. «Ma i cavalli? Uhm. Da sola?»

Lui scosse la testa. «No, sciocchina. Con me. Tu poi cavalcare Chestnut e io monterò Montague.»

Era solo un cavallo. La gente andava a cavallo tutti i giorni. E Johnny non mi avrebbe messa su un animale che avrebbe potuto essere pericoloso per me o il contrario. Di certo non volevo far del male a quel prezioso cavallo, a prescindere da quanto fosse grosso. «Ehm, okay.»

Ero Lyssa, no? Impavida. Divertente. Un tantino pazza. Una cavalcata e poi un'altra cavalcata.

«Ottimo.» Johnny mi rivolse un sorriso e aprì il cancelletto del box di Chestnut.

Io mi spostai, premendo la schiena contro la parete opposta per concedere loro più spazio possibile. Il mio cellulare vibrò e lo tirai fuori dalla tasca. Era un messaggio di Stan.

> Chiamami. Nessun rancore per il fatto che te ne sia andata. Ho un altro progetto di cui discutere con te. Comprende un grosso aumento.

«Va tutto bene?» mi chiese Johnny.

«Sì, è il mio capo.»

Lui drizzò subito le orecchie e assottigliò lo sguardo nella mia direzione.

«Cioè, il mio ex capo a Los Angeles. Stan.»

Johnny annuì mentre io mettevo via il cellulare. Un

paio di giorni prima, avrei fatto i salti di gioia di fronte all'offerta di Stan. Mi mancava avere uno scopo. Sapere cosa avrei dovuto fare. Essere la brava ragazza. Soddisfare il mio capo. Volevo quasi sapere che nuovo progetto avesse in mente. Ottenere finalmente quell'aumento. Ma così sarei stata la vecchia Emma che tornava a rifugiarsi in ciò che le era familiare. E io stavo recitando la parte di Lyssa.

Per cui, adesso?

Volevo andare a cavallo e poi cavalcare un cowboy sexy.

13

JOHNNY

Lyssa non era a suo agio in sella. Teneva le redini troppo strette, le braccia e le spalle tese. Doveva farle male il culo per il modo in cui si teneva rigida invece di permettere al suo corpo di assecondare l'andatura di Chestnut.

Lei non si lamentava. In effetti, sembrava divertirsi. Aveva il volto radioso come quello di un bambino la mattina di Natale, emozionata per qualcosa di nuovo, che magari non aveva saputo di desiderare.

Tuttavia, non potevo portarla a fare un giro attorno al ranch e finirla lì. No, dovevo rendere quel momento speciale. La volevo anche tutta per me. Non eravamo nemmeno arrivati alla baracca dove avremmo avuto un po' di privacy, ma per quanto fossi io l'unico a viverci, solamente la mia camera da letto mi apparteneva davvero. Chiunque avrebbe potuto entrare nella sala comune, usare una delle docce. Perfino passare la notte in una delle camere da letto vuote.

Pe cui sarei stato avido e mi sarei assicurato che fosse mia e solo mia per un altro po' portandola alla pozza segreta nella proprietà di Natalie e Rand. Facevano parte del branco, il che significava che quel posto era solo per noi. Nessuna gente del luogo. Tutta privacy.

Quando il luogo comparve di fronte a noi, feci fermare Montague. Allungando una mano, presi le redini di Chestnut da Lyssa, incerto se sapesse che tirandole indietro avrebbe frenato.

«Cos'è questo posto?» I suoi occhi scorrevano su tutto ciò che aveva davanti.

«È una sorgente termale.»

Lei girò di scatto la testa verso di me, i capelli che le scivolavano sulla spalla. «Una *sorgente termale*? Sul serio?»

Io annuii, scivolando giù da Montague per poi fare il giro e sollevare Lyssa con le mani attorno alla sua vita e far smontare anche lei. Me la feci scorrere lungo il corpo, godendomi tutte le sue curve morbide finché non poggiò i piedi a terra.

I nostri sguardi si incrociarono e lei si leccò le labbra piene.

«Tutto a posto?» le chiesi prima di lasciarla andare,

assicurandomi che le sue gambe avrebbero retto dopo la nostra cavalcata.

Lei annuì e io indietreggiai, lasciando andare le redini.

Montague e Chestnut non si sarebbero allontanati con tutta l'erba che c'era da mangiucchiare lì intorno.

«Hai mai fatto il bagno nuda?»

Lei spalancò gli occhi, poi si guardò attorno con aria nervosa. «Uhm. No. Mia sorella sì, ma io ero troppo imbarazzata.»

Feci scorrere lo sguardo su ogni centimetro di lei. «Non hai nulla di cui imbarazzarti, piccola.»

Prendendola per mano, la condussi lungo il sentiero a malapena visibile. Ci trovavamo più in alto sulla montagna e c'erano piccoli massi a costellare il versante, mentre dei cespugli incolti e perfino un paio di pioppi offrivano dei punti d'ombra screziati. Era davvero bellissimo, cazzo.

«Mi ricordo la prima volta che sono venuto qui,» dissi. «L'ho adorato. Ora posso condividerlo con te.» Ooops, era troppo? «Per il nostro appuntamento di fuoco,» aggiunsi con un occhiolino.

«Letteralmente.» Quando io aggrottai la fronte confuso, lei aggiunse: «Sorgenti d'acqua *calda*.»

«Giusto! Appuntamento di fuoco alle sorgenti focose con la donna più bella del Montana.»

Mi fermai sul bordo della pozza che, senza toccarne

l'acqua e sapere quanto fosse calda, sembrava un semplice laghetto.

«L'acqua fredda arriva dalla cascata, per cui è piuttosto fresca.» Indicai in quella direzione, poi verso l'estremità opposta della pozza. «La sorgente d'acqua calda proviene da sotto terra e si riversa nella pozza da laggiù. L'acqua è bollente da quel lato, per cui dobbiamo starci alla larga. Il tutto si mescola assieme per renderla perfetta quaggiù.»

«È... davvero bello, pazzesco,» mormorò lei, fissando ancora il tutto come se fosse stato un altro regalo di Natale.

Le lasciai andare la mano e mi tirai via la camicia. «Nuotiamo.»

Lei mi fissò mentre mi denudavo. Non mi vergognavo del mio corpo. Nessun mutante lo faceva. Ma apprezzavo che mi stesse ammirando. Entrai a passi decisi nell'acqua, sempre più a fondo fino a immergermi fino alle spalle. «Forza, piccola. Prova l'acqua. È fantastica.»

Lei avanzò fino al bordo della pozza, si accucciò e vi infilò la punta delle dita. «È caldissima!»

«Non permetterò che tu prenda freddo.»

Era una giornata calda, ma le notti si stavano facendo sempre più fresche. Se quella non fosse stata una sorgente termale, non le avrei permesso di nuotare. Eravamo troppo lontani dal ranch per restare bagnati e infreddoliti, a prescindere da quanto l'avrei scaldata mentre spaventavamo i pesci.

Spostai le mani avanti e indietro sulla superficie dell'acqua mentre la osservavo decidersi. Sarei uscito fuori, l'avrei spogliata e l'avrei gettata in acqua, ma sarebbe stato più divertente se fosse venuta di sua spontanea volontà. All'improvviso, lei si decise. Fu come se si fosse fatta determinata. Come se avesse sfidato se stessa a osare e a lasciarsi andare.

Poi mi dimenticai di tutto perché la mia compagna si stava togliendo i vestiti. Ogni singolo pezzo. Proprio là fuori alla luce del sole. Mi venne subito duro e, quando lei entrò in acqua, non potei fare altro che spostarmi verso di lei. Stringerla a me e guidarla, così che lei mi avvolgesse braccia e gambe attorno.

I suoi lunghi capelli scuri galleggiavano attorno a lei sulla superficie.

«Sei bellissima, cazzo,» mormorai per poi baciarla. «Ho portato mia sorella qui, una volta, coi suoi figli.» Ridacchiai al ricordo di tutto il baccano che avevano fatto quei monelli, probabilmente spaventando la fauna nel raggio di almeno un miglio.

I suoi occhi scuri sostennero i miei.

«Ma così mi piace di più,» ammisi. Non c'era niente di meglio dello stare con lei.

«Ti prego, dimmi che non hai fatto il bagno nudo con loro.»

Io feci una smorfia. *«Sorella.* Ho portato qui mia *sorella.* Cazzo, no. I bambini, però, diavolo, sì. Cosa c'è di più divertente del correre nudi all'aria aperta?»

Lei sorrise per poi distogliere lo sguardo. «Io non ho mai corso nuda all'aria aperta, quindi non saprei.»

«Così?» le chiesi, leggermente sorpreso. Sembrava disposta più o meno a tutto. «Nuda qui con me?»

Lei annuì.

«Allora questo è solamente l'inizio.»

Lei piegò indietro la testa e rise. «Non ho intenzione di correre nuda all'aria aperta. Non sono...»

Io mi accigliai quando lei si interruppe.

«Non sei cosa? Alta abbastanza?»

Lei si accigliò. «Cosa? Alta abbastanza? Cos'ha a che fare l'altezza col correre nudi?»

Mi strinsi nelle spalle e le accarezzai la schiena nuda. Il mio cazzo sobbalzava tra le sue natiche e riuscivo a sentire il calore della sua fica contro il mio ventre. «Niente. Allora non sei cosa?»

Lei si morse un labbro. «Non sono mia sorella. È lei quella audace.»

Sogghignai. «Già, anche la mia. Abbiamo provato a vedere se fossimo in grado di replicare il record mondiale di hot dog, che è mangiarne ottanta o qualcosa del genere, panino incluso. Simi è arrivata a dieci. Io ne ho mangiati sei e ho vomitato. Non mangio un hot dog da allora.»

Lei si morse un labbro per cercare di non ridere. «E Simi?»

«Ha mangiato il dessert subito dopo. Riesci a crederci? Ha uno stomaco di ferro.»

A quel punto ridacchiò.

«Raccontami di tua sorella,» la spronai. Dato che avevamo entrambi una sorella, sembrava un punto in comune di cui potessimo dolerci assieme.

Lei spalancò gli occhi per un istante, poi si placò. «Be', lei è più grande. Quando io studiavo, lei usciva a far festa. Quando io lavoravo, lei andava dove la portava il vento.»

Le diedi un bacio sulla punta del naso. «Sembra un dente di leone.»

Lyssa ridacchiò. «Per certi versi. Va ovunque la porti il vento.»

«Dove si trova adesso?»

«Ibiza.»

«Wow. Già, capisco cosa intendi.»

«Io non sono come lei.» Il suo sguardo si sollevò sul mio, come se fosse stata insicura di se stessa.

«Chi è mai come i propri fratelli? Io non sono come Simi, questo è certo, cazzo. Hai conosciuto Colton e Rob. Hanno un fratello, Boyd. Quei tre fratelli Wolf non si assomigliano *per niente*.»

Lei sembrava comunque giù. Visto che io ero arrapato e lei nuda e premuta contro di me, feci correre le mie mani sul suo corpo, spostandone una più in basso per stringerle la fica. «A me piaci *tu*, Lyssa. Proprio così come sei.»

Lei arrossì, distolse lo sguardo, poi i suoi occhi si chiusero mentre infilavo un dito – molto facilmente, visto che era già bagnata per me – a fondo dentro di lei.

«J,» esalò.

Cazzo, quando mi chiamava a quel modo, lo adoravo. Specie con quella vocina eccitata. Nessuno l'aveva mai fatto prima. Le mordicchiai il collo mentre la scopavo con le dita. Man mano che lei si avvicinava all'orgasmo, io insistevo nel morderla. Nel marchiare il punto in cui collo e spalla si incontravano.

Sarebbe stato facile. Era proprio lì. Ma io volevo, no, *avevo bisogno* che Lyssa sapesse tutto di me prima di farlo. Volevo che sapesse cosa fossi, dentro e fuori, e volesse essere marchiata. Volesse essere mia per sempre.

Perché finché non avesse conosciuto ogni oscuro meandro della mia anima, c'era la possibilità che si allontanasse.

Per cui, invece di affondare i denti nella sua pelle setosa, tirai via il mio dito, le spostai i fianchi e affondai il cazzo dentro di lei bene in fondo. Non c'era nulla tra noi. La stavo prendendo senza niente e lei era così bagnata, così calda, che non sarei durato.

Quando lei urlò il mio nome e quello riecheggiò tra le rocce, io me la presi con forza e rapidità. Potevo soddisfare il suo corpo, darle tutti gli orgasmi che bramava. L'avrei scopata fino a renderla mia per sempre.

Avrebbe funzionato, no?

14

EMMA

Ero sdraiata su una roccia a prendere il sole. *Nuda.*

Prendi questa, Lyssa. A quanto pareva, anch'io potevo essere selvaggia e disinibita. Se non altro quando fingevo di essere la mia gemella.

Johnny mi aveva dato la sua maglietta da usare come asciugamano quando eravamo usciti dalla pozza. *Wow.* Quel tipo era un vero gentiluomo. Ora eravamo sdraiati su un masso piatto in cima alla cascata, a guardare dall'alto la pozza in cui avevamo appena fatto l'amore.

Stavo vivendo una specie di fantasia folle.

«Allora, non te l'ho chiesto quando ti ho portata via,» esordì Johnny, la voce bassa e pigra. «Quanto tempo abbiamo prima che tu debba tornare al ranch?»

Mi alzai sedere e allungai di scatto una mano per afferrare la mia maglietta e coprirmi. Dio, stava cercando di sbarazzarsi di me? Avrei dovuto andarmene.

Johnny spinse i miei abiti fuori dalla mia portata. «Ehi, ehi, piccola. Dove pensi di andare? *Non* era affatto un'allusione. Era tutto l'opposto di un'allusione.»

Io arrossii e spostai lo sguardo sulla sua mano, che stava tenendo i miei abiti lontani da me. Emisi una risata imbarazzata per essere giunta alla conclusione affrettate di non essere desiderata. O che magari avesse cambiato idea sul mio conto.

«Devo ancora contattare Chapman, per cui ho pensato che ti avrei riportata indietro quando ci fosse stato anche lui. Ma non ho fretta. In effetti, sarei felice se non tornasse fino all'anno prossimo.» Mi rivolse il suo ghigno sghembo sexy.

Sentii le farfalle svolazzarmi nello stomaco. Era così bello. Da capogiro. E premuroso.

«Quando ti aspetti che tornerà?» mi chiese.

Io sbattei le palpebre, troppo concentrata sui suoi addominali, talmente definiti che avrei potuto arrampicarmici. «Cosa? Oh...»

Caspita. Quando sarebbe tornato Chapman? Lyssa aveva dato l'impressione che non venisse quasi mai.

«Io, uhm, non ne sono sicura.»

Johnny mi scrutò. «Dovresti fargli una telefonata e controllare?»

Cavolo. Sembrava che stessi mentendo? Era vero,

non lo sapevo, ma questo perché ero una bugiarda fatta e finita. Mi aveva sgamata, prima. Si accorgeva di ogni volta che cercavo di essere evasiva.

Cercai di ricordarmi cosa avesse detto Lyssa. Lei aveva visto il suo capo un paio di settimane prima e probabilmente lui non sarebbe tornato per almeno altre due.

«Credo, ah, forse tra una settimana o due. Posso provare a chiamarlo per scoprirlo.» Non conoscevo il suo numero di telefono! Avrei dovuto fingere una telefonata. La mia coscienza si sentiva malissimo nel fare una cosa del genere a Johnny, ma ormai ero davvero immersa fino al collo in quella menzogna.

Johnny inarcò le sopracciglia. «Posso tenerti per una settimana o due, o devi essere lì per ricevere la posta? Possiamo fare un mese?»

Io risi, il petto che mi si inondava di calore.

«Ma mi piacerebbe molto se scoprissi di Chapman. Rob ha bisogno che sistemi alcuni affari del ranch con lui. E detesterei che perdessi il tuo lavoro.»

«Tu hai provato a chiamarlo?» chiesi. Ero certa che loro avessero il suo numero.

Johnny si sfregò la fronte. «Sì. Non ha risposto. Ecco perché ho guidato fino a lì. Speravo di risolvere le cose faccia a faccia. Ma magari risponderebbe alle tue chiamate visto che sei una sua dipendente.»

Risolvere le cose. Ah. Mi domandai che genere di ranch stesse effettivamente gestendo il capo di Lyssa lì.

C'era bestiame e c'erano ampi spazi aperti e Lyssa diceva che a volte c'erano dei cowboy nel fienile. Si svolgevano delle attività da ranch, ma era anche un luogo di lusso sfrenato. Avendo lavorato a Hollywood, sapevo che poteva trattarsi di una facciata senza che ci fosse del capitale o un utile dietro a sostenerla. No, quel posto urlava soldi. Già solo i terreni... decine di milioni.

«Vi... deve dei soldi o qualcosa del genere?» chiesi. «Vi ha rubato le mucche?»

Johnny prese il proprio cappello e se lo calò in testa, come se avesse voluto coprirsi gli occhi. «Sì, qualcosa del genere. Ma sono affari di Rob, per cui non posso davvero parlarne.»

Il mio sorriso svanì. Oops. «Oh. Scusa.»

«No, no, no.» Si tolse di nuovo il cappello. «Non scusarti. Cazzo, scusami tu. Sono sembrato uno stronzo?»

«No.» Il cuore mi batteva come se avessimo appena litigato, non fosse che non l'avevamo fatto. C'era qualcosa che non andava, però. Lo percepivo, ma non riuscivo a capire cosa. Rob possedeva il Wolf Ranch. Era gigantesco già di per sé. Avrei detto che fosse molto più in funzione di quello di Chapman. Lui era un uomo impegnato, per cui mandava i suoi dipendenti a occuparsi degli affari.

Ma perché era un segreto? E che tipo di segreto era? Oppure ero solo io quella lasciata all'oscuro? Aveva importanza? Di qualunque cosa si trattasse, era successo prima che io e Johnny ci conoscessimo. Non erano davvero affari miei.

«Proveresti a chiamarlo per me?» domandò lui.

Io deglutii con forza, poi annuii. Fingendo di scorrere la mia rubrica in cerca di un numero, me lo portai all'orecchio. Dopo un minuto, misi giù il telefono e dissi: «Nessuna risposta.»

Lui sorrise. «Be', buon per me allora. Ti terrò fino a quando non tornerà,» mi disse. «È deciso.»

Io sorrisi, sentendomi di nuovo nervosa. «Mi terrai?»

Lui annuì. «Già. Sei mia. Solo che ancora non lo sai.»

Io agitai una mano in cerchio. «Pensavo che questo rientrasse nella categoria di appuntamento di fuoco.»

Il suo sorriso vacillò. «Oh, già. L'abbiamo detto. Posso cambiare le regole?» Allungò una mano verso di me e in qualche modo ebbe abbastanza forza da sollevarmi senza trascinare il mio culo sulla roccia per mettermi in braccio a lui.

«Dio, sei forte,» risi.

Lui flesse i bicipiti. «Lavoro al ranch.»

Non volendo discutere sul fatto che si trattasse di un appuntamento di fuoco o che potesse tenermi con sé, cambiai argomento. «Allora, Marina e Colton hanno detto che sei venuto qui quanto avevi solo diciotto anni?»

Lui mi avvolse le braccia attorno alla vita e mi mordicchiò il braccio. «È vero.»

«Perché? Voglio dire, come hai ottenuto il lavoro? Cosa ti ha fatto venire voglia di lavorare in un ranch?»

Lui si irrigidì leggermente. Abbastanza da farmi girare e passargli un braccio attorno alle spalle ampie così da riuscire a vederlo in viso.

«Che c'è?»

«Io...» Aprì la bocca e la richiuse. «Non è una bella storia, a essere onesti.»

Io mi ritrassi. «Oh. Be', uhm, non c'è bisogno che me la racconti. Scusa, non intendevo...»

«No, no. Non scusarti. È solo che...» Deglutì. «Praticamente mi hanno cacciato di casa.»

Io sgranai gli occhi.

«Cioè, ero un adulto e quant'altro, per cui non è che sia stato chissà cosa.»

«A diciott'anni si è a malapena adulti,» lo interruppi, arrabbiata per lui. Che razza di genitori cacciavano il proprio figlio fuori di casa a quell'età? Immaginai che molti lo facessero, ma lo trovavo piuttosto crudele.

«Perché? È successo qualcosa?»

Lui annuì, il volto serio. «Mia sorella... è stata aggredita. E io ho interrotto la cosa. E...» Deglutì con forza.

Io trattenni il fiato, in attesa.

«Le aveva fatto del male, ed ero giovane. Sono... sono diventato violento.»

«Oh.» Mi ci volle un istante per elaborare l'informazione perché trovavo difficile conciliare la violenza con il tipo attento e premuroso che mi teneva tra le braccia. Tuttavia, ce lo vedevo a diventare protettivo. Era l'eroe che non aveva esitato a correre in mio aiuto per salvarmi dai miei biscotti bruciati e da un falso allarme antincendio.

«Be', ovvio che l'hai fatto. È stato l'impeto del momento.»

Johnny incrociò il mio sguardo. Scorsi ansia nei suoi occhi castani: come se fosse stato certo che l'avrei allontanato anch'io. «Mi sono decisamente spinto troppo oltre.»

Io trattenni il fiato. Intendeva... *troppo oltre*, troppo oltre?

In realtà, non volevo saperlo. Qualunque cosa fosse successa, era stata traumatica per lui e per tutte le persone coinvolte. Doveva aver avuto paura. Il fatto che ne fosse tormentato ancora, anni dopo, la diceva lunga. Trattenni le lacrime.

Lui sembrò allarmato.

«Mi dispiace,» sussurrai.

Lui mi strinse. «Ti-ti dispiace? Per me?»

«Sì. Sembra una situazione terribile e grave e tu hai fatto ciò che dovevi in quel momento per assicurarti che tua sorella fosse al sicuro. Mi spiace che tu abbia dovuto affrontare una situazione del genere.»

Johnny appoggiò la fronte alla mia spalla e sospirò, come se fosse stato sopraffatto da un'emozione che si rifiutava di mostrare.

Il cuore mi batteva forte per via della sua vicinanza. Della sua vulnerabilità e del legame che avevamo appena forgiato.

Forse si trattava di più che di un appuntamento focoso. L'uomo delle mie fantasie aveva appena assunto una forma tridimensionale. Una certa profondità.

Un cuore con delle ferite.

Poteva sembrava perfetto, ma era umano, con difetti e insicurezze, proprio come me.

Affondai le dita tra i capelli della sua nuca e la massaggiai. «Be', sono felice che tu abbia trovato questo ranch,» dissi. «Sembra che tu faccia parte di una famiglia, qui.»

Lui sollevò la testa e annuì, gli occhi che brillavano. «La famiglia che si trova lungo la strada è quella migliore.»

Una famiglia ritrovata. Ecco a cosa avevo assistito nella grossa cucina del ranch quella mattina. Ciò per cui avevo provato una certa invidia. Io avevo avuto Lyssa come perenne compagna crescendo e avevamo perfino frequentato lo stesso college prima che lei lo abbandonasse per provare a fare la modella a New York. Non le era andata bene, ma l'aveva avviata verso i suoi lunghi anni di avventure che adesso l'avevano portata a Ibiza.

Io ero abituata a lavorare in collaborazione con altre persone. Come una squadra. Era per quello che lavorare agli effetti speciali dei film all'inizio mi era sembrata un'ottima carriera per me. Ma non era stata una famiglia, affatto. Quella squadra era tossica.

Il mio cellulare vibrò con un messaggio in arrivo.

Lui mi porse la mia pila di vestiti e io lo estrassi dalla

tasca dei miei jeans. Accesi lo schermo. Era un messaggio con foto di Lyssa. Per qualche motivo, non volevo che Johnny lo vedesse. Che vedesse lei.

Non volevo che sapesse che c'era una gemella migliore. Forse non più carina, visto che eravamo identiche, ma decisamente più sexy. Lyssa abbracciava e impersonava la sessualità.

Se avesse visto Lyssa, avrei dovuto spiegargli che la sorella cui avevo accennato era in realtà la mia gemella. E a quel punto avrebbe potuto saltare fuori che io stessi recitando il ruolo della mia gemella in quel momento, e tutta quella fantastica esperienza si sarebbe disgregata.

Gli avevo mentito e stavo continuando a farlo.

No, volevo che continuasse a credere che fossi Lyssa. La sola e unica Lyssa che si sbatteva dei cowboy fighi nel giro di un'ora dopo averli conosciuti.

O quantomeno *quel* cowboy figo.

Spensi lo schermo e posai il cellulare.

«Non era Chapman, vero?»

Giusto. Gli servivano informazioni su Chapman. Probabilmente avrei dovuto chiamare Lyssa per scoprire qualcosa in più su di lui. Non ero pronta a dirgli il mio vero nome, ma avrei potuto se non altro provare a svolgere il lavoro che stavo fingendo di avere. E Johnny un lavoro ce l'aveva e io gli stavo impedendo di svolgerlo. Se Rob aveva bisogno di comunicare con Chapman, allora avrei dovuto aiutarlo a contattarlo.

Scossi la testa. «No, era mia sorella. Probabilmente

dovrei chiamarla.» Premetti sulla sua spalla per cercare di alzarmi da lui, ma lui mi stava già rimettendo in piedi sollevandomi dalla vita.

Wow. Avrei potuto abituarmi ad avere un uomo così forte nei paraggi.

Avrei potuto abituarmi a un sacco degli attributi di Johnny.

Incluso quello glorioso che aveva tra le gambe.

Ah...Ora avevo pensieri perversi come la mia gemella.

Composi il numero di Lyssa e mi allontanai per andare fuori portata d'orecchio.

«Come vaaaaaa?» esclamò Lyssa al telefono quando mi rispose. Mi fece sorridere «Hai ricevuto il mio messaggio?»

Io riaprii la foto ora che Johnny non la stava guardando da sopra la mia spalla. Era di Lyssa, con indosso un bikini nero su uno yacht, con un uomo di mezza età decisamente figo al suo fianco.

Mi riportai il telefono all'orecchio. «Sì. Sembra fantastico! Te la stai spassando?»

«Un sacco. Il sultano mi tratta come una principessa. Come va al ranch?»

Io mi morsi un labbro per poi ridacchiare. «Be', in realtà, non mi trovo lì, al momento. Va bene, giusto? Se me ne sono andata per un paio di giorni?» La signorina Responsabile si fece viva con un giorno di ritardo, probabilmente in risposta alla mia gemella spensierata.

«Oh, decisamente. Chapman non ha nemmeno bisogno di una custode. Cioè, *pffft*. A chi importa se qualcuno porta in casa la sua posta e la poggia sul bancone della cucina ogni giorno?»

Probabilmente a Chapman, ma Lyssa non ci avrebbe ragionato su troppo come avrei fatto io.

«Dove sei, Emmie? Ti prego, dimmi che non sei tornata al tuo lavoro.»

«No. Io, uhm. Be', ho conosciuto questo tipo.» Abbassai la voce.

«Cosa?» Lyssa strillò. «Buon per te! Dammi tutti i dettagli.»

«È un cowboy figo,» sussurrai. «Lavora in un ranch a un paio d'ore d'auto da quello di Chapman, per cui è lì che mi trovo adesso.»

«Dici sul serio? Ti stai facendo sbattere per bene da un cowboy sexy? È la notizia migliore del mondo. Sapevo che licenziarti e venire nel Montana era la cosa migliore che potessi fare!»

«Concordo. In questo preciso istante, Los Angeles e il mio vecchio lavoro mi sembrano una malattia dalla quale mi sto ancora riprendendo.»

«Be', guarisci, sorella, guarisci. Cavalcati quel cowboy figo fino a quando non sarà solo un lontano ricordo!»

Io risi. «È quello che ho intenzione di fare. A proposito... ho trovato una scatola di giocattolini ancora chiusi sotto il tuo letto.»

«Oh, quelli? Me li hanno mandati così che potessi

rappresentare l'azienda, ma poi ho conosciuto Ralph, l'istruttore di tennis a Scottsdale. No, forse era Andy, l'istruttore di sci. Non riesco a ricordarmeli. A ogni modo, prendili pure!»

Faceva confusione tra due uomini diversi nella sua testa. Tipico di Lyssa.

«Okay, bene. Perché mi sono portata dietro quella scatola.»

«Mmh, divertiti. Ooh... devo andare, il sultano mi chiama.»

«Aspetta, aspetta, aspetta! Un'ultima cosa. Quando torna Chapman? Perché il mio cowboy figo ha bisogno di incontrarlo e fa fatica a mettersi in contatto con lui.»

«Non lo so... Arrivo subito!» esclamò al suo ultimo amante.

«Aspetta, ma puoi scoprirlo? È importante. Chiamalo e fammi sapere, okay?»

«Sì, sarà fatto. Divertiti coi giocattolini! Ti voglio bene, ciaoooo!»

Terminai la chiamata e sorrisi. Per una volta, mi stavo divertendo un sacco – e facendo un sacco di sesso – impersonando Lyssa, ed era dannatamente bello.

15

JOHNNY

Dopo esserci rivestiti, scesi a recuperare i cavalli per concedere a Lyssa un po' di privacy mentre chiamava sua sorella. O l'illusione che ne avesse, almeno.

Speravo che il mio udito da mutante avrebbe colto qualunque cosa riguardo al suo capo, nel caso avesse mentito e stesse in realtà chiamando lui. Si era comportata in maniera un po' strana quando avevo cominciato a farle di nuovo delle domande. Detestavo l'idea di non fidarmi di lei. Il mio lupo lo faceva, ma quello era a un livello più primordiale. Qualcosa non andava. Me lo sentivo dentro.

Perché avrebbe dovuto mentire?

Perché non avrebbe dovuto? D'altronde, io lo stavo facendo.

Speravo che non fosse stato troppo palese dopo aver cercato di carpirle informazioni su Chapman. Mi sentivo davvero uno stronzo al riguardo. Ma non era che potessi semplicemente dirle, *ehi, devo portare il tuo capo a un processo del Consiglio e molto probabilmente verrà ucciso da me o da un altro sicario mutante, per cui potresti dirmi dove si trova?*

Non avevo intenzione di dirle la verità sul motivo per cui ero andato al ranch del suo capo sin dall'inizio. Non potevo mettere a rischio un branco intero dicendole la verità su di noi finché non si fosse innamorata di me. Fino a quando non fosse stata mia. Fino a quando non avessi potuto marchiarla.

Però non era tutto.

Cazzo, non riuscivo a credere di averle quasi detto che avevo ucciso Frank Archer, il tipo che aveva aggredito Simi.

Come avrebbe reagito a quella notizia?

Oh, a proposito, il tuo nuovo fidanzato – o tipo con cui se la spassava, o comunque avesse voluto definirmi – *è un assassino. Oh, e l'ho fatto a mani... e zanne nude.*

Non solo un assassino irascibile, il che un tempo era vero. Ma ora ero un assassino dal sangue freddo.

Diamine, sarebbe scappata via e non si sarebbe fermata fino a quando non fosse tornata al ranch di

Chapman. Non potevo mostrarle la mia vera natura. Cosa mi si annidava dentro.

Il mio lupo ringhiò. Odiava quella menzogna. Non gli piaceva che mentissi alla nostra compagna.

Nemmeno a me piaceva, ma non si poteva fare altrimenti.

Lei all'inizio rimase in silenzio, si allontanò e mi diede la schiena.

Già, era chiaro che non voleva che l'ascoltassi. Fui percorso da un brivido di timore.

Che cosa sapeva di Chapman?

Ero certo che non potesse far parte del traffico di lupe, ma avevo sentito l'odore della sua ansia quando le avevo chiesto di lui. Aveva paura di quell'uomo?

Sapeva che era pericoloso?

Sapeva che era un mutante?

Dannazione, dovevo scoprire come cavarle tutte quelle informazioni senza spaventarla al punto da farla uscire dalla mia vita. O farla arrabbiare.

Se avesse pensato che la stessi manipolando per arrivare al suo capo...

Be', merda, immaginavo che lo stessi facendo.

Non era certo mia abitudine sedurre delle femmine coinvolte nei miei incarichi. Lei era la mia compagna.

Scesi fino al punto in cui avevamo lasciato i cavalli e fischiai per richiamarli. Chestnut arrivò subito; Montague mi ignorò come uno stronzo.

Fischiai di nuovo.

La voce di Lyssa sopraggiunse con la brezza, ma io non riuscii a cogliere più di qualche spezzone. «Cowboy figo... scatola di giocattolini.»

Mi venne di nuovo duro nel sentirla accennare a me e alla scatola di giocattolini. Cazzo, mi ero dimenticato di quelli.

Mi sentii sollevato.

Bene. Dubitavo seriamente che fosse una conversazione che avrebbe sostenuto con Chapman. Stava parlando con sua sorella.

Di me.

Il mio lupo esultò.

Grazie al cielo. Forse non era ancora pronta a pensare a me come a un fidanzato, ma aveva bisogno dei miei servigi da cowboy.

Sissignora. Aprirò ogni confezione contenuta in quella scatola e li userò su di te. Ti ammanetterò, ti sculaccerò e renderò realtà ogni tua fantasia.

16

EMMA

Uscii dalla doccia avvolta in un asciugamano ed entrai nella camera da letto di Johnny. E mi fermai di colpo.

«Uhm, cos'è tutta 'sta roba?» chiesi.

Johnny era stato impegnato. *'Sta roba* era ogni singolo sex toy della scatola di Lyssa disposto sul letto.

Lui se ne stava lì, a far cenno con la mano come si fosse trattato di un gioco a premi e i giocattolini fossero stati la mia ricompensa.

«Voglio sapere quali sono i tuoi preferiti.»

Io deglutii con forza. I miei preferiti? L'unico motivo per cui avevo trovato la scatola sotto il letto di Lyssa era che ci avevo dato un calcio e mi ero fatta male all'alluce.

Quando l'avevo tirata fuori, ero rimasta imbarazzata e colpita. Forse io e Lyssa eravamo gemelle omozigote, ma non ci assomigliavamo per nulla. Io sapevo che faceva sesso. Un sacco di sesso. Ma non avevo bisogno di sapere che le piacesse farsi legare o farsi infilare un grosso plug anale nel di dietro. Per cui avevo rimesso via la scatola: per quale motivo la noiosa vecchia Emma avrebbe mai usato alcuna delle cose che l'azienda di giocattolini aveva mandato a Lyssa per il suo breve periodo come rappresentante l'anno precedente?

Johnny, però, mi aveva fatta sentire avventurosa. Mi aveva fatto indossare la mia maschera da Lyssa e cogliere al balzo l'opportunità di essere selvaggia e folle. Ma dei sex toy?

Johnny attendeva paziente –il suo sguardo scorreva addosso al mio corpo avvolto nell'asciugamano – mentre io elaboravo il da farsi.

«Tu... uhm, cosa?»

Lui fece un passo verso l'esposizione di giocattolini sulla sua trapunta blu scuro. «Cosa ti eccita, piccola?»

«Tu,» ammisi.

«Mi fa piacere sentirlo.» Ridacchiò e allungò una mano verso di me, aprendo l'asciugamano per scrutare il mio corpo. Il suo gemito di apprezzamento mi fece indurire i capezzoli. Strattonò le estremità dell'asciugamano per attirarmi contro di sé. Il rigonfiamento del suo cazzo duro mi premette contro il ventre attraverso i suoi jeans.

«Stanotte, avrai me *e* il tuo preferito.» La sua voce era incredibilmente roca.

Io guardai il letto e Johnny, dopo avermi riavvolto l'asciugamano addosso, mi lasciò andare.

Mmh... un giocattolino *e* Johnny?

Sì, ti prego. Potevo farlo.

Con esitazione, mi spostai fino al boro del letto e vagliai le opzioni. Johnny mi circondò la vita con un braccio, sistemando la sua forma imponente alle mie spalle. Si chinò e mi mormorò all'orecchio. «Ti piace quel frustino?»

Con la mano libera, indicò la piccola frusta con le corte strisce di cuoio attaccate al manico nero.

Io scossi la testa.

Lui si spostò e mi baciò dietro l'orecchio e poi lungo il collo. Un gesto che mi ricoprì di pelle d'oca. Sebbene fossi umida per via della doccia e indossassi solo un asciugamano, avevo tutto meno che freddo.

«Che ne dici delle pinze per capezzoli?»

Si riferiva a quelli aggeggi rosa che sembravano fatti per chiudere i pacchetti di patatine? Per quanto la mia fica si contrasse e i miei capezzoli si indurirono all'idea di essere pizzicati, sussurrai: «No.»

Ora mi stava baciando lungo la spalla. «Scegli, piccola. Non mi serve un giocattolino per farti venire, ma di certo sarà divertente giocarci.»

Divertente. *Divertente.*

Stavamo per fare sesso. Su quello non c'erano dubbi.

Qualunque oggetto avessi scelto sarebbe stato per divertirci. Lui non mi stava giudicando. Voleva farmi venire *e* giocare.

Era ciò che avrebbe fatto Lyssa. Scegliere un paio di cose e darci dentro.

Scrutai di nuovo le opzioni. «Niente frustino.»

«Che ne dici di altra roba per sculacciarti?»

Mi leccai le labbra. «La tua mano. Se devi sculacciarmi, voglio la tua mano.»

Lui me la fece scorrere lungo la coscia verso l'alto fin sopra il mio culo, stringendolo. Poi gli diede una piccola sculacciata. «Così?»

Io piagnucolai perché... cazzo, era eccitante. «Sì,» ammisi. Non era stata forte e la pelle formicolava appena.

«Solo la mano, piccola. Ricevuto. Fa' la brava ragazza e scegli qualcos'altro, altrimenti ti piegherò a novanta su questo letto e ti sculaccerò. Dopodiché potrai scegliere il tuo preferito col culo rosso.»

Oddio.

«Qualunque cosa sceglierai, vorrò giocarci. Ciò che eccita te eccita anche me. Non ci sono risposte sbagliate,» sussurrò.

Io mi voltai nella sua presa e sollevai lo sguardo su di lui.

La sua espressione era intensa. Determinata.

«Quella è una scatola da rappresentante di un sexy shop. Io non li ho mai...»

«Usati?»

Annuii.

«Lo so, sono tutti nella loro confezione.»

Scossi la testa. «Cioè, uhm, non ho mai usato dei giocattolini prima d'ora.»

Lui spalancò gli occhi. «Mai?»

Scossi di nuovo la testa. «No.»

«Allora sarà divertente. Ed eccitante da morire, cazzo.»

Divertente.

Io potevo divertirmi. Ero *Lyssa* dopotutto. Mi voltai di nuovo di scatto, spostandomi per mettermi dritta di fronte al letto e osservai i giocattolini. Dopo un paio di minuti, presi le manette, un plug anale molto piccolo e molto viola e un vibratore rosa che sembrava una matita.

«Cazzo, quelle sono ottime scelte.»

Johnny si sporse oltre di me e afferrò i piccoli campioncini di lubrificante che sembravano pacchetti di ketchup. «Ci serviranno anche questi.»

Poi allungò una mano, infilò un dito nella parte anteriore dell'asciugamano che avevo addosso e tirò. Il telo cadde ai miei piedi.

Ero nuda.

«Cazzo.» Si tolse il cappello da cowboy e lo lanciò sul comò. «Mi farò la doccia più veloce del mondo. Quando uscirò, ti voglio sul letto a usare quel vibratore. Farai meglio a essere bella bagnata altrimenti ti sculaccerò.»

Oddio. Quella voce profonda. Quello sguardo cupo. Quella promessa.

Per quanto fosse stato audace e avesse parlato sporco già in passato, quello portava le cose su tutto un altro piano. Era disinibito quando si trattava di sesso. E selvaggio. Lo adoravo. Ma adesso?

Wow. Tutto ciò che riuscii a dire fu: «Okay.»

17

JOHNNY

Quando uscii dalla doccia, avevo il cazzo così duro che avrei potuto usarlo per trapanare una roccia.

Cazzo. La mia compagna voleva che la ammanettassi, le sculacciassi il culo con un plug dentro e usassi un vibratore su di lei. Pensavo di essere morto ed essere finito in paradiso.

Le cose non sarebbero potute andare meglio.

Mi ero stuzzicato da solo leccandola e baciandola lungo il collo e la spalla. Avrei potuto rivendicarla per sempre come mia.

Stasera. Ora, mi spronò il mio lupo.

La luce della luna quasi piena brillava attraverso le

finestre e il lucernario del capanno, inondandomi della voglia di marchiarla.

Ma lei non era ancora pronta per una cosa del genere. Mi aveva conosciuto solo il giorno prima. Ero già fortunato da morire che avesse accettato di venire al Wolf Ranch con me per esplorare un po' di più il legame tra noi, ma non era ancora innamorata. Non era disposta a passare il resto della sua vita con me.

Di certo non era pronta a scoprire che appartenessi a una specie diversa dalla sua. Una con una forma animale che correva e ululava sotto la luna piena. E anche se fosse stata pronta per quello, come sarei mai riuscito a dirle del mio nuovo ruolo nel branco? Che ero un sicario mandato dal Consiglio a eliminare ciò che minacciava la nostra esistenza? Cioè che ero un assassino.

No, non potevo pensare a quella parte. Era già abbastanza lottare contro la mia natura e non marchiarla.

Dovevo fare attenzione. Legarla con le manette avrebbe esaltato il mio lupo, ma non potevo sguinzagliarlo. Non potevo permettermi di perdere il controllo e di affondare le zanne nella sua carne, di infonderle il mio odore così che tutti potessero sentirlo e sapere che ormai apparteneva a me, ormai.

Quello poteva succedere dopo. Si sperava prima della prossima luna piena, ma avrei atteso il tempo che ci sarebbe voluto. Avrei seguito quella femmina in capo al mondo per dimostrare di essere il suo uomo. Che avrei fatto qualunque cosa per renderla felice, proteggerla e *soddisfarla*, cazzo.

Era mia intenzione comunicare appieno l'ultima intenzione, quella sera.

Entrai in camera da letto.

«Oh, *caspiterina*.»

Proprio come avevo ordinato nella mia voce più autorevole, Lyssa era sdraiata nuda al centro del letto, il giocattolino rumoroso in mezzo alle gambe, il volto arrossato e gli occhi lucidi. L'odore della sua eccitazione riempiva la stanza e mi fece quasi scendere i canini per marchiarla.

Inalai un respiro profondo per rimettere il mio lupo al guinzaglio.

Lyssa esibiva una sessualità nervosa. Era in parte seduttrice e in parte imbarazzata. Mi era parsa imbarazzata quando aveva ammesso di non aver mai usato un giocattolino prima di allora. Ciò non aveva fatto altro che inorgoglire il mio lupo all'idea che saremmo stati i primi. Avremmo scoperto assieme cosa la eccitava.

Già solo sapere che le sue prime scelte erano le manette, il plug e il vibratore la dicevano lunga. Voleva essere controllata. Voleva arrendersi. Concedere a me la scelta, tipo se un plug anale dovesse infilarsi in quel suo bel culo vergine o meno. Lei lo voleva, altrimenti non l'avrebbe scelto. Ma voleva anche che fossi io a farglielo prendere.

«Oh, piccola, questa cosa è eccitante da morire.»

Avevo intenzione di elogiarla fino a quando non avesse smesso di sentirsi in imbarazzo. «Guarda quanto me l'hai fatto venire duro.» Lasciai l'asciugamano attorno alla mia vita, ma abbassai lo sguardo sul rigonfiamento della mia erezione.

Lei si torturò il labbro inferiore tra i denti mentre lo guardava.

Io avanzai a passo felpato verso il letto, ma mi fermai sul fondo. Lei voleva essere dominata. Mi aveva chiesto di sculacciarla. Di ammanettarla. Ciò significava che dovevo darle istruzioni.

Arricciai le dita nella sua direzione. «Scendi dal letto e vediamo se hai seguito bene i miei ordini.»

Notai la sua espressione farsi nervosa, in parte allarmata e in parte eccitata. Era una a cui piaceva soddisfare la gente, immaginavo, il che significava che avrebbe voluto fare quella cosa nel modo giusto. Non avrebbe voluto sentirsi dire di aver fatto nulla di sbagliato, anche se voleva quella sculacciata.

«Oh, uhm...» A occhi sgranati, armeggiò col vibratore per spegnerlo, quindi scese di corsa dal letto e si precipitò da me.

Io le presi il giocattolino dalla mano, trascinando le dita sulle sue per prolungare il contatto e assicurarmi che percepisse la mia rassicurazione. Non riuscii a trattenermi dal leccar via i suoi succhi dal vibratore prima di farlo cadere sul letto accanto agli altri giocattolini.

Cazzo, che buon sapore che aveva.

«Mettiti le mani sulla testa.»

Inalò a fondo. Lo sguardo fisso sul mio.

Io non dissi altro, mi limitai ad aspettare che obbedisse. Il suo odore aveva una traccia d'ansia che metteva in agitazione il mio lupo, ma lasciai correre. Faceva parte dell'eccitazione della sottomissione. L'elemento di pericolo – seppure solo per finta – amplificava il piacere.

Il cuore le pulsava forte nella gola, ma i suoi grossi capezzoli bruni erano duri e turgidi e il profumo della sua eccitazione mi riempiva le narici.

Con esitazione, lei sollevò e mani sopra la propria testa. I suoi seni pesanti si alzarono e si allargarono con quel movimento, come per offrirsi alla mia bocca, che salivava dalla voglia di assaggiarla.

«Brava ragazza,» la elogiai. Ancora non la toccai, sebbene fosse palese dal suo sguardo supplicante che volesse lo facessi. «Ora allarga bene le gambe.»

Lei emise un piccolo piagnucolio di desiderio, gli occhi ancora incollati ai miei mentre faceva scivolare i piedi nudi a terra e li distanziava.

«Così, piccola. Molto bene. Ora vediamo quanto sei bagnata.» Infilai una mano tra le sue gambe e feci scorrere due dita sulla sua fessura. «Hai fatto un buon lavoro con quel vibratore?»

Lei tremò quando la toccai, come se fosse stato quasi troppo da sopportare. Il suo ventre fremette dentro e fuori.

«*Ohh.*» Resi quella sillaba un'esclamazione di piacere

quando sentii il suo miele femminile praticamente gocciolarmi tra le dita.

Eravamo soli nel capanno. Non ci viveva nessun altro, al momento, per cui avrebbe potuto urlare quanto voleva. E se qualcuno ci avesse sentiti, non mi importava. Avrebbero saputo che la mia compagna era ben soddisfatta.

«Sì, sei stata una brava ragazza, non è vero?» Continuai a farle scorrere le dita tra le labbra umide, l'altra mano che saliva a stringerle un seno. Sfiorai il suo capezzolo duro col pollice.

Non riuscendo più a tenersi in equilibrio, lei abbassò le mani dalla testa per posarmele sulle spalle.

«A-ha.» Le schiaffeggiai leggermente il seno. «Mani sulla testa, bellezza.»

Lei trasalì e riportò di scatto le mani alla testa.

«Voglio il tuo corpo disponibile e aperto alla mia esplorazione.»

I succhi le colarono sulle cosce. Gradiva che le parlassi sporco. Le piaceva essere dominata. Buono a sapersi. Non mi ero mai ritenuto autorevole o prepotente, ma trovavo naturale avere il controllo su di lei. Naturale prendermi cura delle necessità della mia compagna e tenere in mano le redini.

Feci scivolare un dito verso l'alto per sfregarne il polpastrello sul suo clitoride e lei si dimenò, spostando i fianchi a destra e a sinistra con un gemito. «Cosa ti piace di più, il mio dito o il vibratore?»

«Il tuo dito,» rispose subito.

Il mio lupo emise un ringhio di soddisfazione. Non mi sarei offeso affatto se avesse preferito il vibratore, ma adoravo che prediligesse il mio tocco.

Agitai il dito in un rapido movimento vibrante e lei emise un mezzo singhiozzo. «Ohhh. J.»

Cazzo, adoravo sentire il mio nomignolo sulle sue labbra. Smisi di toccarla e mi portai il dito alla bocca, succhiandolo. «Hai un sapore buonissimo, piccola,» dissi quando lo tirai via.

Presi le manette di peluche dal letto. «Voltati, Lyssa.»

Lei sbatté le palpebre. La sua convinzione vacillò per un istante. Non sapevo come facessi a notarlo, ma ci riuscivo. «Puoi... puoi chiamarmi soltanto *piccola* quando siamo a letto,» disse.

Ah. Non le piaceva sentire il suo nome. Interessante. Una cosa da approfondire più avanti. In quel momento, volevo mantenerla dell'umore giusto.

Abbassai le palpebre e socchiusi gli occhi. «Voltati, piccola.»

Lei obbedì subito, girandosi verso il letto con le mani sopra la testa.

Io le presi un polso, poi l'altro e lentamente, delicatamente, glieli tirai dietro la schiena. «Ti piace quando vieni privata del controllo, Ly... piccola?»

«Uhm...»

Chiusi una delle manette attorno al suo polso, poi vi feci scorrere attorno il dito per assicurarmi che non fosse troppo stretta. «Ti aiuta a lasciarti andare e divertirti?» Chiusi anche l'altra.

D'istinto, lei strattonò e testò la presa.

«Sì.» Esalò quella sillaba con un senso di sollevo, come se avesse avuto bisogno che le dessi un buon motivo prima di concordare con quanto anelasse il suo corpo.

Io le posai le mani sulla vita e la spostai allineando il suo corpo al centro del mio letto. Avevo scelto quella stanza grande e spaziosa con un letto matrimoniale, il posto perfetto per scoparmi la mia compagna.

«Piegati, piccola.»

La sculacciai, un po' più forte del colpetto scherzoso prima della doccia, ma nulla di rozzo. «Era un ordine, bellissima.»

Lei emise una risatina ansimante e si puntellò sul letto.

Io ridacchiai e le feci abbassare il busto fino a quando non vi fu sdraiata. «Faccia giù, piccola.» Mi sovvenne che, viste le dimensioni del suo seno, forse non era la posizione più comoda. Presi un cuscino dalla testiera del letto. «Sollevati un attimo,» le ordinai.

Lei obbedì e io le feci scivolare il cuscino sotto il busto. Ora la sua faccia non premeva più tanto nel materasso.

«Brava ragazza. Comoda, piccola?»

«Sì.»

Cazzo, era bella così. Le diedi una sculacciata. «Si dice, *sì, signore* quando sei in manette, bellezza.»

Le sue natiche si contrassero. Le sue dita ebbero uno spasmo. «Sì, signore,» ansimò.

«Mmh.» La premiai con una carezza su quel bellissimo culo. La mia compagna era davvero magnifica. «Te la stai cavando alla grande, piccola,» le dissi. «Ora, allarga di nuovo le gambe, bene aperte, così che possa giocare con questa bellissima fica.»

Lei fece come le dissi e io le accarezzai di nuovo l'intimità con una mano, facendo scorrere l'altra lungo il fianco, per tranquillarla e dimostrarle quanto cazzo trovassi bello il suo corpo. Presi il vibratore e lo accesi nella modalità più bassa. Invece di insinuarglielo dentro, lo feci scivolare sotto di lei, così che il suo clitoride lo cavalcasse.

Lei gemette e vi si sfregò contro, la sua eccitazione che colava sulle coperte del mio letto.

Cazzo, volevo che quell'odore non abbandonasse mai più la stanza.

La sculacciai, un po' più forte di prima, e lei trasalì. «È arrivato il momento della tua sculacciata, piccola. Sei stata così brava, per cui me la prenderò comoda e scalderò con calma il tuo bellissimo culo. Se hai bisogno di una pausa, di' soltanto *ti prego, signore, fermati*, e mi fermerò. Capito?»

«Sì, signore.»

Le accarezzai una natica. «Brava ragazza.»

18

EMMA

Per l'amor delle manette!

Non mi sarei mai, nemmeno in un milione di anni, immaginata una scena del genere. Io... piegata a novanta su un letto con i polsi ammanettati dietro la schiena. A farmi sculacciare mentre sfregavo la fica su un vibratore. Era... folle. Incredibile.

Delizioso.

Già solo farmela con un cowboy sexy alla mia porta aveva soddisfatto abbastanza le mie fantasie. E certo, sapevo che la gente usava giocattolini e si cimentava in giochi di ruolo in camera da letto, ma... wow.

Mi ero persa un bel po' di roba.

Non avevo idea di potermi sentire a quel modo. Così tremante ed eccitata. Lasciva e vogliosa.

Pronta a prendere fuoco.

Johnny mi sculacciò una natica, poi l'altra, quindi mi massaggiò per lenire il bruciore. Si fermò, come in attesa di vedere se mi sarei lamentata o gli avrei detto di fermarsi.

Io non lo feci. Volevo di più e agitai il culo per farglielo capire.

Lui proseguì, ripetendo la sequenza: una sculacciata su ogni natica e poi un massaggio. Dopo una dozzina di round, il mio culo bruciava e formicolava.

Johnny smise di massaggiarmi. «Sei bella rossa adesso piccola. È così bello, cazzo.»

Dio, adoravo sentire quanto lo eccitassi. Non mi ero mai sentita così sensuale. Così desiderabile. Così bella.

Fu come se la perenne mancanza di autostima generata dall'essere la gemella tranquilla e pacata venisse lavata via ogni volta che lui mi guardava. Ogni volta che mi elogiava. Ogni volta che diceva *brava ragazza*. Non mi ero mai resa conto di quanto dovessi essere stata affamata di attenzioni prima di conoscere lui.

Non c'era da meravigliarsi che fossi rimasta a sfiancarmi in un lavoro estenuante senza un briciolo di apprezzamento. Ero abituata a essere ignorata quando si trattava di elargire attenzioni. Perfino ora con i nostri genitori, visto che Lyssa non riusciva a tenersi un lavoro fisso e sembrava mettersi costantemente in pericolo, risucchiava tutta la loro attenzione. La figlia brava e tranquilla non aveva bisogno di alcun intervento speciale da parte di mamma e papà.

Sentii un rumore di plastica, dopodiché Johnny mi allargò le natiche. Una sostanza fredda mi stuzzicò all'altezza dell'ano.

Io trasalii a quella sensazione e strinsi le natiche.

«È giunto il momento del tuo plug, bellezza.»

Il mio plug. Ah! Mi si contrasse l'ano al pensiero. Perché l'avevo scelto?

Johnny ridacchiò. «Non preoccuparti. Questo è piccolo. Lo sto ricoprendo di lubrificante, così scivolerà dritto dentro. Ti prepareremo, così potrai prenderti il mio cazzo lì dietro come una brava ragazza.»

Preparami! Oh!

Ah!

Percepii la punta stondata in acciaio inossidabile del plug. Inspirai bruscamente e trattenni il respiro.

«Espira piano, piccola.»

Adoravo quanto Johnny fosse sicuro di sé. Trasudava una competenza da porno star. Un tipo che mostrava di sapere cosa stava facendo senza essere arrogante era proprio eccitante.

«Sì, signore.» Mi stimolava pronunciare quelle parole. Ogni volta che lo facevo, la mia fica si contraeva. Seguii le sue istruzioni ed espirai lentamente.

Lui applicò pressione al plug.

Io mi strinsi più forte contro quell'intrusione.

«Spingiti indietro per lasciarmi entrare. Come a venirmi incontro.»

Trassi un rapido respiro, poi esalai di nuovo e mi spinsi all'indietro. Non appena lo feci, la punta del plug mi penetrò. Io spinsi di più mentre lui me lo premeva dentro. Ci fu un brevissimo istante di "troppo", ma poi trovò il suo posto.

«Così, piccola. Te la stai cavando benissimo,» mi elogiò Johnny, accarezzandomi di nuovo il culo col suo palmo rozzo e pieno di calli. «Cazzo, guarda che bello.»

Io piagnucolai, non perché non fosse bello, ma perché ero più che eccitata, ormai. Stavo perdendo la testa con tutte quelle sensazioni, la vibrazione sotto il mio clitoride, il bruciore delle mie natiche e adesso il plug che mi riempiva.

«Ti sculaccerò quel bellissimo culo col plug dentro, dopodiché ti scoperò, piccola.»

Dio, quasi venni per quella promessa sconcia. Come se lui l'avesse percepito, adottò un tono più severo. «Non venire ancora. Non venire fino a quando non ti darò il permesso, piccola. Capito?»

Annuii contro le coperte. «Sì, signore.»

«Brava ragazza,» disse lui, ma allo stesso tempo mi diede una forte sculacciata. Scosse il plug, inviandomi una scarica di sensazioni attraverso il corpo.

Urlai.

Come avrei fatto a non venire?

Avevo un bisogno disperato di farlo.

Così disperato che non riuscivo a sopportarlo.

«Non ancora. Non verrai fino a quando non lo farò io, Lyssa,» disse lui, dimenticandosi che non volessi essere chiamata così a letto.

Per quanto il nome di mia sorella mi desse coraggio fuori dalle lenzuola, odiavo sentirlo pronunciare mentre eravamo in intimità. Volevo che lui elogiasse me. Emma. Non Lyssa. Non volevo fingere quando facevamo sesso. Volevo che fosse reale.

Solamente noi due. Senza Lyssa nella stanza.

Il suo errore fu una benedizione perché mi permise di riacquistare un briciolo di controllo, così da non venire e aspettare fino a quando non mi avesse dato il permesso. Di nuovo, ah! Dove diamine aveva mai imparato a essere un tale dominatore da capogiro?

No, non volevo sapere nemmeno quello. Odiavo già tutte le sue ragazze passate e future. Odiavo chiunque distogliesse la sua magnifica attenzione da me, Emma.

La gemella che stava recuperando il tempo perduto.

Johnny mi sculacciò, più velocemente, questa volta, senza interruzioni nel mezzo per massaggiare via il bruciore. Mi colpì le natiche, destra e sinistra più e più volte fino a quando io non mi dimenai e urlai. Ero febbricitante. Il vibratore mi stava consumando il clitoride, il culo mi bruciava. Il plug che veniva sballottato mi dava un senso di pienezza.

Finalmente, Johnny si fermò e mi massaggiò le natiche. Sentii il rumore di un altro pacchetto di plastica, doveva essere stata la confezione di un preservativo.

Tirò fuori il vibratore da sotto di me e lo spense. «È arrivato il momento della roba vera, piccola. Pronta a prenderti il mio cazzo?»

Era diverso dal giorno prima. Adesso era autorevole e dominante. Si comportava così perché eravamo a casa sua e si trovava più a suo agio? Eravamo noi che ci fidavamo l'una dell'altro al punto da portare il sesso al livello successivo?

«Sì,» gemetti. Ero pronta da almeno un'ora. Perfino col plug che mi riempiva il culo – *specialmente* col plug che mi riempiva il culo – la mia fica si sentiva troppo vuota.

Johnny emise uno strano verso ringhiante animalesco mentre sfregava la punta dell'erezione tra le mie labbra.

Disperata – famelica – io mi spinsi all'indietro e lui scivolò dentro.

«*Diamine*, piccola. È così eccitante. Sei così bagnata per me.»

«Sì,» gemetti io.

Oddio, avevo bisogno di venire. Con una disperazione che non avevo mai provato prima.

«Ti prego.»

Lui mi afferrò i fianchi e si spinse dentro fino in fondo, il suo inguine che si scontrava con l'estremità del plug anale e me lo smuoveva dentro ancor più di quanto avesse fatto con la sculacciata.

Gli occhi mi si rigirarono all'indietro. Avevo le vertigini dal desiderio. Ero quasi in lacrime.

«Ti prego.»

Le sue dita si strinsero sui miei fianchi. Lo sentivo respirare bruscamente, come se stesse cercando di trattenersi.

Io non volevo che si trattenesse.

Io volevo di più. Volevo tutto.

Lui scivolava dentro e fuori lentamente.

«Adesso, Johnny. Di più. Ti prego.»

Stavo implorando in maniera irrazionale. Mi aveva ridotta a farfugliare.

Lui ringhiò di nuovo e si spinse dentro con forza.

Io urlai quando la punta della sua erezione arrivò a fondo dentro di me. Era troppo, tutto quanto. L'ano mi si contrasse attorno al plug. La fica si avvolse stretta attorno alla base del suo cazzo. Sudavo e ansimavo, il cuore che mi batteva forte per lo sforzo, sebbene fossi immobilizzata dall'amante alle mie spalle.

«Oddio,» quasi piansi.

«Cazzo, piccola. Cazzo, sei così eccitante quanto mi supplichi così.» Mi strinse forte i fianchi e si sbatté dentro e fuori di me.

Io inarcai la schiena per prenderlo più a fondo. Gemetti e singhiozzai la mia disperazione nelle coperte.

«Ti prego, ti prego, ti prego, J. Johnny. Ne ho bisogno.

Ne ho bisogno *subito*.» Mi guardai oltre la spalla e ciò che vidi non aveva senso.

Dopotutto, però, ero fuori di me dalla voglia e dal desiderio.

Gli occhi di Johnny sembravano luccicare ambrati, come quelli di un animale di notte. E avrei giurato, per un secondo, che gli fossero spuntate le zanne.

«Prendilo, piccola,» ringhiò lui. «Prendi il mio cazzo bene a fondo. Prenditi il mio cazzo col culo rosso e col plug dentro.»

«Sì, sì!»

Era troppo tardi: dovevo venire. Attendere il suo permesso era impossibile.

Urlai, perdendo il controllo. La mia fica si contrasse attorno al suo cazzo, pulsando in ondate di spasmi.

«Oh cazzo, piccola!»

Sembrava che anche Johnny avesse perso il controllo. Come se il mio orgasmo l'avesse fatto venire. Si sbatté a fondo, i suoi fianchi che si impennavano contro i miei, il fiato corto e rantolante.

«Oh, per il Destino. Oh, merda. Wow, wow... dannazione,» cantilenò mentre continuava a dimenarsi.

Io risi con un singhiozzo nelle coperte. «Oddio,» ansimai. «Penso di essere appena morta.»

19

JOHNNY

Cazzo. Avevo quasi marchiato Lyssa.

Il mio lupo era stato pronto a farlo. Avevo dovuto tenere i denti lontani da lei per impedirmi di fare un qualcosa di cui mi sarei pentito.

Ora che il momento era passato, chinai il busto sopra il suo e la baciai dietro e di lato al collo. «Sei stata incredibile. È stato folle.»

Lei emise un lungo espiro mugugnante.

Probabilmente la stavo schiacciando. Mi sollevai e mi tirai fuori da lei. Poi sganciai le manette tramite l'apertura facilitata.

«Ti prendo dell'acqua. Dobbiamo tenerti idratata dopo una roba del genere.» Le tirai delicatamente il plug fuori dall'ano, poi la feci rotolare tra le mie braccia e la accompagnai verso la parte anteriore del letto.

«Tira giù le coperte, piccola,» le ordinai.

Ora che mi ero abituato a dare ordini, non riuscivo a smettere. Sapevo che la mia dominanza la eccitava, per cui avevo intenzione di sfruttare al massimo la situazione.

Lei tirò indietro le coperte e io l'adagiai delicatamente sul letto. «Torno subito,» promisi.

Presi il vibratore e il plug e li portai entrambi con me in bagno per lavarli. Più tardi li avrei disinfettati, ma per il momento li lasciai cadere nel lavandino mentre mi sbarazzavo del preservativo, mi lavai le mani e inzuppai un panno d'acqua calda per ripulire Lyssa.

Poi passai dalla cucina per un bel bicchiere d'acqua e tornai indietro.

Lyssa era ancora lì dove l'avevo lasciata, sdraiata di schiena sul letto, a fissare ipnotizzata il soffitto.

La aiutai a sedersi e le diedi il bicchiere. Lei ne bevve metà con molta sete. Io finii il resto e poggiai il bicchiere vuoto sul comodino. Dopo averla fatta rotolare a pancia in giù, passai il panno tra le sue gambe e le sue natiche per ripulirla.

«Stai bene?» le chiesi, notando che il suo culo era ancora rosso.

Ci ero andato pesante con altre femmine in passato, ma erano state tutte mutanti. Speravo davvero di non essere stato troppo energico. Mi sarei preso a pugni da solo se le avessi fatto del male.

«Sto alla grande.» Sembrava sognante, come se stesse già per addormentarsi. O fosse era solo tanto soddisfatta da sentirsi in paradiso.

Gettai il panno umido nel cesto della biancheria e salii nel letto accanto a lei. Lei rotolò contro il mio fianco e io la avvolsi con un braccio. «Tu credi nel destino?»

«Destino?»

«Già. Tipo, credi che alcune cose siano destinate ad accadere?»

Lei si immobilizzò. Riuscii a sentirla trattenere il fiato per un momento. «Quali cose?»

«Tipo tu e io. Incontrarci come è successo. Andare d'accordo fin da subito. Come se fossimo fatti l'uno per l'altra. Lo senti anche tu? O sono solo io?»

Lyssa girò il viso per nascondersi contro la mia spalla e io sentii il suo ventre fremere.

«Stai... ridendo?» Cazzo, non avrei dovuto accennare al destino con un'umana. Non aveva alcun contesto in cui inquadrarlo. Sembrava una cosa stupida.

No, sentivo l'odore salato delle sue lacrime.

«Stai piangendo?» Mi allarmai. «Piccola, cosa c'è? Ti ho fatto male? Cazzo.»

«No,» emise una specie di risata tra le lacrime e sollevò la testa. «È... Non lo so che cos'è. È solo uno sfogo. È stato intenso.»

Giusto. Avevamo appena fatto del sesso intensissimo

e poi avevo cominciato a parlarle di destino. Pessima idea.

«*Questo* è intenso,» aggiunse a bassa voce.

Oh.

Quello era intenso. Quel momento. Noi due.

Le presi il viso nel palmo della mano e incrociai il suo sguardo umido. «Ora ti bacio.» Ci feci rotolare, così che lei fosse sotto di me, e me la presi comoda nel baciarla profondamente. Nell'esplorare la sua bocca. Nel cercare di esprimere con la mia lingua e le mie labbra ciò che avevo difficoltà a esprimere a parole.

Quando ebbi finito, sollevai la testa e abbassai lo sguardo su di lei. Avrei voluto saperle leggere nel pensiero. Sapere quanto fosse vicina o lontana dall'accettarmi come suo compagno.

«Ci credo nel destino,» disse lei, cogliendomi del tutto di sorpresa, cazzo.

Aveva di nuovo le lacrime agli occhi.

Mi agitai di nuovo. Il mio lupo non riusciva a sopportare le sue lacrime, per nessun motivo.

«Perché la cosa ti fa piangere?»

Lei scosse la testa. «Non lo so. Sembra come se una porta che era sempre stata sbarrata si fosse aperta e io l'abbia finalmente attraversata.»

Aggrottai la fronte perché non avevo la minima idea di cosa volesse dire. «È una bella cosa, giusto?»

Lei rise e portò il palmo della mano sulla mia guancia. «È una bella cosa. Questo è bello. Tu sei bellissimo. Mi sto... divertendo un mondo.»

"Divertendo un mondo." Così sembrava che si trattasse di una storiella selvaggia, non di destino. Ma mi sarei accontentato, per il momento.

Per quella sera, sarebbe bastato.

Avrei potuto lavorare a un per sempre l'indomani.

EMMA

QUANDO ENTRAMMO al Saloon di Cody la sera seguente, avrei voluto aver preso un paio degli stivali da cowboy di Lyssa dal suo armadio al ranch di Chapman. Chiaramente, lei non ne aveva avuto bisogno a Ibiza. Io indossavo una gonna di jeans e una camicetta attillata, ma i miei sandali non vi si abbinavano.

Johnny non mi aveva permesso di allontanarmi molto quel giorno dopo il sesso selvaggio della sera prima.

Sebbene fossimo andati al Wolf Ranch perché lui aveva del lavoro da fare, aveva detto che Rob e Wes, il caposquadra del ranch che ancora non avevo conosciuto, gli avevano dato un paio di giorni liberi da passare con me.

Avrei voluto protestare – confondermi con la tappezzeria e non creare alcun disturbo – ma mi ero ricordata di essere Lyssa, lì, e Lyssa adorava essere al centro dell'attenzione. Creare disturbi. Far sì che la gente cambiasse i propri piani per lei.

Per cui me l'ero goduta. Mi ero goduta le attenzioni di Johnny, delle quali mi aveva inondata.

Non uscire dal capanno per tutto il giorno a me era stato bene. Avevamo mangiato – chi lo sapeva che Johnny era in grado di cucinare una gran bella frittata? – sonnecchiato e fatto un sacco di sesso.

Avevo perso il conto degli orgasmi che mi aveva provocato.

E dei posti in cui l'avevamo fatto a parte il letto. La doccia. Il mobiletto del bagno. Il bancone della cucina. Il divano. L'altro divano. Oh, le pareti. Un sacco di pareti.

Giunto il tardo pomeriggio, ero un tantino indolenzita. Okay, un sacco indolenzita, ma nella maniera migliore possibile. Quando Colton aveva mandato un messaggio a Johnny dicendo che stavano andando tutti in un bar chiamato il Saloon di Cody per cena e per bere qualcosa dopo, avevamo accettato di unirci a loro. La mia vagina aveva avuto bisogno di una pausa.

Eravamo in ritardo perché, quando Johnny mi aveva vista con indosso quella gonna, si era inginocchiato, l'aveva sollevata e me l'aveva leccata fino a farmi venire ancora una volta.

Mi guardai attorno nel bar affollato. Se ci fosse stata un'atmosfera che richiamasse la quintessenza del saloon western, era quella. Musica country. Pannellature in legno, una carrellata di teste di animali imbalsamate e insegne di birra al neon, un piano bar lucido che correva lungo tutta una parete e un toro meccanico. Non ne avevo mai visto uno prima di allora se non nei film e... wow. Lo stava cavalcando una donna, un braccio allungato sopra la testa, che rideva ed esultava mentre ondeggiava in sella.

Non potei fare a meno di ghignare.

Sorrisi e salutai con la mano Marina, Colton, Rob e Willow, che avevano unito alcuni tavolini alti in un angolo dove chiacchieravano assieme a diverse altre coppie.

«Quelli sono i ragazzi del Wolf Ranch.» Johnny mi accompagnò da loro, una mano sul fondo della mia schiena. Ero solo io, o sembrava essere... *fiero* di mettermi in mostra?

Diede pacche sulle spalle e salutò col pugno tutti i ragazzi presenti. «Ciao a tutti. Lei è Lyssa, la mia bellissima c... accompagnatrice sexy.»

Io sollevai il viso verso di lui. «Cosa stavi per dire?» Non mi veniva in mente nessuna parola che potesse descrivermi che iniziasse per C.

Lui mi rivolse il solito sorrisino sghembo. «Carissima fidanzata. Non posso ancora chiamarti così?»

Mi si scaldò il cuore. Di nuovo, notai l'istinto in me che mi intimava di ritirarmi e rifiutare quelle attenzioni, ma perché avrei dovuto? Dopo due giorni, sapevo che sarebbe stato un fidanzato fantastico. Perché non avrei dovuto credere che lui potesse provare la stessa cosa? Pensavo di non essere speciale abbastanza da far innamorare qualcuno di me così in fretta?

Al diavolo. Lyssa sapeva di essere speciale. Potevo incarnare anch'io quell'energia, per una volta.

«Lyssa, loro sono Boyd, il fratello di Rob e Colton e campione internazionale di rodeo, e sua moglie Audrey. Lei è una ginecologa.»

Strinsi la mano a entrambi. «Piacere di conoscervi.»

«E loro sono Clint e sua moglie, Becky. Hanno lasciato a casa Lily, la loro piccola. Non è ancora grande abbastanza per il toro meccanico.»

Io offrii loro un piccolo cenno del capo e un saluto a distanza visto che c'era il tavolo a separarci.

«E lui è Levi – è lo sceriffo del posto – ma ha lavorato al ranch. Sua moglie, Charlie, è la nostra veterinaria.»

Loro erano più vicini, per cui riuscii a stringere loro la mano, ripetendo i loro nomi. «Levi, Charlie. Clint e Becky...»

«Faremo un quiz più tardi,» mi prese in giro Charlie.

Johnny tornò a rivolgersi a me. «Loro sono Rand e

Natalie. Natalie possiede il ranch accanto al nostro e Rand gestisce un'impresa edile.»

Rand, Natalie. Cercai di recitare i loro nomi in testa così da non dimenticarmeli.

«Lui è il mio capo, Wes.» Johnny mi presentò un tipo robusto e tatuato dai capelli rossi che mi porse la mano, ma non parlò. In confronto agli altri, sembrava un tipo burbero.

«Pensavo fosse Rob il tuo capo.» Dio, giuro che *stavo* provando a memorizzarli tutti, ma mi stavo già confondendo.

Johnny si chinò e mormorò: «Lui è il grande capo. E Wes è il caposquadra. Ho un sacco di capi.»

«Siamo come un esercito, con una lunga catena di comando,» disse Colton.

Johnny indicò Colton con un pollice. «Lui era un Berretto Verde, nel caso non l'avessi intuito dal taglio di capelli.»

Io risi. I ragazzi del Wolf Ranch e i loro cappelli da cowboy erano tutti grossi e bellissimi.

«Vieni a sederti con noi, così possiamo farci due chiacchiere tra donne.» Becky picchiettò lo sgabello vuoto accanto a sé mentre gli uomini ci lasciavano sole e andavano al bar.

Johnny non li seguì, tirandomi invece indietro lo sgabello come un gentiluomo. «Cosa posso prenderti da bere, piccola?» La sua mano si posò possessiva sulla mia vita. Mi piaceva mi stesse rivendicando in modo che fosse visibile a tutti.

Di solito mi attenevo a una sola bevanda – la stessa che ordinavo sin dai tempi del college – un Cosmopolitan. Ma volevo integrarmi e mi sentivo avventurosa. Gli sorrisi. «Sorprendimi.»

Lui si chinò e rivendicò la mia bocca. Non un bacetto veloce perché ci trovavamo in pubblico, bensì un lungo bacio lento che fece scatenare ed esultare tutti i presenti del nostro gruppo.

Io emisi una risatina agitata quando lui si allontanò verso gli altri a passo sicuro di sé, come soddisfatto di aver appena mostrato a chiunque nel bar a chi appartenessi.

«Qualcuno è cotto.» Marina mi fece l'occhiolino.

«Diamine. Di solito è così silenzioso. Il mio cervello sta facendo fatica a tenere il passo,» disse Becky per poi sporgersi verso di me e sussurrare – sebbene non a voce poi così bassa: «È selvaggio a letto?»

Io sorrisi. Mi ricordavano Lyssa e come, al liceo e al college, mi avesse sempre importunata per ottenere qualunque dettaglio quando uscivo con qualcuno.

«È fantastico,» risposi. Se Johnny aveva intenzione di baciarmi come se fosse stato sul punto di andare in guerra nel bel mezzo del bar, allora non gli sarebbe dispiaciuto se avessi detto loro la verità.

«Ma voi conoscete tutti Johnny meglio di me. Fuori i segreti.» Mi girai per lanciare un'occhiata alla sua schiena ampia da sopra la spalla nel punto in cui si trovava al bancone. Diamine, era sexy. Avrei potuto innamorarmi di quel tipo.

Facilmente.

Non fosse che lui non conosceva nemmeno la vera me. Pensava che fossi Lyssa. Si stava innamorando di Lyssa. Cosa sarebbe successo una volta scoperto della banale e noiosa vecchia Emma? Sarebbe stato ancora interessato?

«Non lo so. Sembra che tu lo conosca *molto* bene,» disse Marina con un gran sorriso e un occhiolino.

Io risi e arrossii. «Non quello. Cioè... Intendo vestito.»

«È un tipo a posto. Decisamente degno di fiducia,» esclamò Becky. «E come tutti i ragazzi al Wolf Ranch, è protettivo.»

«Dolce.»

«Forte.»

«Intenso.»

«Premuroso.»

Fecero il giro del tavolo ed elencarono tutti aggettivi corretti. Vestito o meno.

«Sembra un tipo rilassato, ma ha un lato più oscuro. Be', non intendo più oscuro... solo serio,» aggiunse Becky. Il suo cellulare era a schermo in su sul tavolo e la schermata di blocco era di lei e Clint e la loro piccola figlia con i suoi stessi grossi occhi azzurri.

Avevo scorto il lato più serio di Johnny il giorno prima, quando mi aveva raccontato cosa era successo con sua sorella, ma volevo sapere se la cosa si spingesse oltre a quello. «Oh? Tipo cosa?»

Partì una nuova canzone e Natalie emise un verso di esultanza assieme a tutti gli altri presenti.

«È molto amico di Clint,» disse Beck, la voce un tantino più forte per coprire il baccano.

«Sono amici sin da quando si è trasferito qui. Ciò che gli è successo prima di venire qui, be', sta a Johnny raccontartelo, ma credo che l'abbia segnato nel profondo. Sotto tutti quei sorrisi da sciogliere le mutande e i muscoli scolpiti, è un tipo prudente.»

Johnny? Prudente? Sembrava così spontaneo.

«Mi ha raccontato un po' di quello che è successo a sua sorella,» offrii io, chiedendomi se fosse ciò che intendeva.

Becky annuì, il che significava che ne era al corrente anche lei. Le altre sembravano un tantino perse, ma non commentarono.

«Già, quella storia l'ha segnato. Ha un profondo senso di giustizia. Dà valore all'onestà. Di certo non tollera gli stronzi.»

«Chi li tollera?» borbottò Willow, sollevando il braccio con la caraffa vuota in mano per far cenno alla cameriera di portarne un'altra.

Dà valore all'onestà. Cosa avrebbe pensato riguardo al fatto che fingessi di essere Lyssa? Che fingessi di essere spontanea? A mio agio con la mia sessualità? Libera e selvaggia?

Sarebbe stato ancora interessato?

Una cameriera passò con una caraffa piena di birra e un bicchiere pieno di un liquido giallo chiaro. «Sidro all'ananas per Lyssa?»

Sollevai una mano. «È per me. Grazie.»

«Non dipingere Johnny come un tipo tutto cupo e tenebroso, Becky.» Audrey posò una mano sull'avambraccio della sua amica. «È protettivo nei confronti delle persone cui tiene, ecco tutto. E sembra che abbia deciso di tenere a Lyssa.»

In gruppo, ci girammo sugli sgabelli per guardare nella direzione di Johnny. Lui se ne stava al bancone del bar con gli altri ragazzi. Tutti quanti stavano guardando la loro donna specifica e Johnny? Aveva occhi solo per me.

Me.

Provai quel calore, quella voglia che ci legava perfino dall'altra parte della stanza.

«Oddio. Che sexy,» disse Willow.

«Meno male che la baracca è vuota,» aggiunse Marina con una risatina.

Già, meno male. Perché quando avessi detto a Johnny la verità sul mio conto – il fatto che non mi chiamassi effettivamente Lyssa e tutto il resto – non avrei voluto nessun altro nei paraggi.

«Ooh!» squittì Becky. «Forza, tocca a noi sul toro. Ho messo tutti i nostri nomi visto che nessuna di noi è incinta. Lyssa, tu vieni decisamente con noi!»

Tutte balzarono giù come se il tavolo avesse preso fuoco e si diressero verso il toro meccanico al fondo del locale.

No. Col cavolo. Non sarei mai salita su quell'affare!

Le altre non sembravano pensarla allo stesso modo. A giudicare da come si mostravano emozionate, pensavano che fosse divertente.

Divertente. Ecco di nuovo quella parola.

Stavo facendo solo la fifona, o avevo dei timori seri? Non era un toro *vero* e c'erano spessi materassi tutt'attorno. Nessuno finora si era fatto male.

Lyssa lo farebbe. Sarebbe la prima della fila e ci darebbe dentro come una vera cowgirl.

Fantastico. Ora dovevo farlo e con indosso una gonna! Trassi un respiro profondo, seguii le mie nuove amiche e mi preparai al *divertimento*.

21

JOHNNY

«Sembra integrarsi bene.» Colton prese una bottiglia di birra dalla lunga fila che Cody, il proprietario del bar e amico mutante, ci aveva posto di fronte sul bancone. Se la portò alle labbra e ne bevve un lungo sorso.

Io grugnii, per nulla entusiasta di trovarmi dalla parte opposta della stanza rispetto a lei. Specie non dopo quel bacio. Volevo essere dritto al suo fianco. O ancora meglio, con lei in braccio o premuta in qualche modo contro il mio corpo. Colton, però, aveva detto che Marina gli aveva raccontato che una parte importante del corteggiamento per le femmine umane era far valutare e approvare il maschio alle altre femmine. Per cui mi stavo trattenendo, nella speranza che le femmine del Wolf

Ranch ci stessero mettendo una buona parola per me, laggiù.

Tuttavia, la cosa mi stava uccidendo. Il fatto che fossimo solo a una notte dalla luna piena rendeva il tutto ancora peggiore.

Ero riuscito a trattenere la mia aggressività e il bisogno di marchiarla tenendo la mia compagna nuda e sotto di me per tutto il giorno. Ora, però, era circondata da altri maschi. Il mio lupo voleva distruggere chiunque la guardasse.

Ogni uomo in quel posto le aveva messo gli occhi addosso. Con quella gonna e quelle tette e quel sorriso dolce? Dovevo dire a tutti quegli stronzi che lei era mia.

«Già.» Cercai di placare il mio lupo. E il mio cazzo.

«Che succede?» Boyd mi diede una pacca sulla spalla. «Ti comporti come Wes, laggiù.» Indicò con un cenno del capo il nostro capogruppo, che gli rivolse un'occhiataccia, come suo solito.

Nessuno se la prendeva per le sue espressioni contrariate, visto che erano normali per lui. Quel tipo aveva un'aria da stronzo impressionante, tranne quando si trattava di sua figlia, Remy.

«No, tutto a posto.»

«Cosa hai scoperto su Chapman da Lyssa?» chiese Rob.

Io mi accigliai. «Nulla.»

«Nulla?» chiese Clint. «Ci hai almeno provato?»

«Sì, ma non voglio allarmarla. Diventa nervosa

quando le chiedo del suo lavoro.» Esitai, senza essere certo di dover dire altro. Ma si trattava del mio alfa. Dovevo farlo. «Qualcosa non va.»

«Cosa vuoi dire?» chiese Rob accigliato.

Io feci spallucce. «Non lo so. Penso soltanto che ci sia qualcosa che non va. So di averlo detto due volte, ma non riesco a spiegarlo in altro modo. È una sensazione.»

Clint e Rob si allarmarono e lanciarono un'occhiata a Lyssa che era circondata dalle altre donne. Marina era la prima, il toro si muoveva a una delle modalità più lente. Non sarebbe mai stata sbalzata via.

«Dovremmo indagare maggiormente su di lei? Posso chiedere a qualcuno del Consiglio di farlo,» domandò Colton.

No, ringhiò il mio lupo.

Io non riuscivo a staccare gli occhi dalla mia compagna, che guardava Marina con un sorriso. Volevo che indagassero su di lei? Che un mutante hacker che viveva nella lontana Arizona frugasse nel suo passato? Trassi un lungo sorso di birra.

«Sì,» disse Rob.

Cazzo.

Non lo volevo davvero. Speravo che si sarebbe fidata abbastanza di me e della relazione che stavamo costruendo da aprirsi con me. Da condividere tutto. Le cose belle e le cose brutte. Speravo di poter condividere anch'io le mie cose belle e quelle brutte. Tuttavia, le mie cose brutte forse sarebbero state troppo da condividere.

Ma se Rob aveva detto di sì, voleva dire *sì*.

«Ci penso io,» replicò Clint. Con la coda dell'occhio, lo vidi tirar fuori il cellulare e cominciare a scrivere qualcosa. In quanto sicario in pensione, aveva le informazioni del tipo da contattare a portata di mano. «Gli chiedo i dettagli di tutti i dipendenti del ranch di Chapman, non solo di Lyssa.»

«Bene,» commentò Rob.

Il mio lupo ringhiò. Non mi piaceva l'idea che nessuno indagasse su di lei. Nemmeno i miei compagni di branco. Decisamente non un mutante qualunque in Arizona. Ma avevano ragione. Il suo capo era un problema. Dovevamo sapere tutto di lei e di chiunque lavorasse per lui. Soprattutto se volevo rintracciarlo e consegnarlo al Consiglio.

«Non sa che sono un sicario,» dissi a voce alta a nessuno in particolare.

Cazzo. Cosa sarebbe successo quando avesse scoperto che il mio lavoro consisteva nel dare la caccia e uccidere? Una persona dolce come Lyssa avrebbe potuto stare con qualcuno con un'oscurità tale dentro di sé?

Anche se mi fossi allontanato da quella professione per lei, non avrebbe cambiato ciò che avevo già fatto.

La violenza dentro di me che usciva fuori quando difendevo qualcuno. O quando davo la caccia a un mutante ribelle come il tipo che aveva picchiato la moglie qualche settimana prima.

Non avrebbe cambiato ciò che ero: un assassino.

Marina rimase in sella per tutti i trenta secondi del giro, per poi scendere e dare il cinque a Becky cui toccava dopo di lei.

«Ovvio che no. Fino a quando non l'avrai marchiata, lo terrai per te.»

Le parole di Rob mi fecero girare verso di lui. Deglutii.

Cazzo. Nemmeno lui pensava che l'avrebbe presa bene. «Non dovrei dirglielo quando le spiegherò dei mutanti?»

Lui scosse la testa. «No. *Dopo* che l'avrai marchiata. Dovrà sapere della nostra specie, così da capire che la morderai e perché. Ma la rivelazione del sicario dovrà venire dopo.»

«E se...» Ingoiai la mia domanda.

E se non avesse voluto restare con me dopo averlo scoperto?

E se, come il mio branco e la mia famiglia, non mi avesse più guardato allo stesso modo?

E se mi avesse rifiutato? Esiliato?

Rob inarcò le sopracciglia.

«Lascia stare.» Scossi la testa. Il suo consiglio sembrava sbagliato, però. Dirglielo dopo averla marchiata significava ingannarla per farla diventare la mia compagna. Non essere onesti. Andava contro tutto ciò in cui credevo.

Becky non durò a lungo sul toro meccanico, visto che la velocità era stata piuttosto elevata. Cadde su uno dei materassi scoppiando a ridere. Sebbene non si fosse fatta male, Clint non rimase con noi e attraversò la folla di clienti per raggiungerla.

Toccava a Lyssa. Rimasi lì in piedi ipnotizzato mentre si avvicinava al toro e lo scrutava con la stessa espressione che esibivano gli uomini quando si preparavano a montare su una bestia vera e propria. Timore e prudenza.

Le donne erano in fila lungo la parete bassa che divideva la parte principale del locale dalla zona del toro meccanico. Ridevano e incitavano Lyssa, che adesso era seduta sul toro.

Cazzo, la gonna le era salita su quelle cosce meravigliose.

Poi il toro cominciò a muoversi. Stava andando così piano che sembrava rotto. Poi accelerò leggermente e lei provò a seguirne i movimenti, ma le sue mosse furono goffe tanto quanto quelle che aveva esibito cavalcando Chestnut il giorno prima.

Da un secondo all'altro, le si aprì un sorriso sulla faccia e gli occhi le brillarono emozionati. Il toro si mosse ancora più velocemente e lei sollevò un braccio in aria per tenersi in equilibrio.

«Non è male,» mi disse Boyd all'orecchio. Era lui l'ex campione di rodeo, per cui sapeva quel che diceva.

Non era male affatto. In effetti, sembrava le venisse naturale visto come si alzava e si abbassava, i fianchi sinuosi che cavalcavano la sella. Le sue tette sobbalzavano a ogni dondolio del macchinario. Era sexy da morire.

Il mio lupo ringhiò e si agitò perché le donne del Wolf Ranch non erano le uniche a guardarla. Tutti gli uomini nei paraggi le stavano sbavando addosso. Immaginavano che aspetto avrebbe avuto da cowgirl in sella a un cazzo.

Un gruppetto di uomini da un lato stava parlando di lei. Indicava, sorrideva, lanciava occhiate lascive. E uno fece dei cazzo di gesti coi fianchi mentre parlava con un altro. Poi si diedero il cinque.

Io ringhiai. Li avrei ammazzati. *Tutti.*

Dovevano essere umani. Non li conoscevo. Non avevano mai partecipato a una corsa di branco, per quel che ne sapevo. Se lo fossero stati, visto quant'erano vicini, avrebbero riconosciuto Willow, avrebbero saputo quale fosse il suo grado nel branco e si sarebbero comportati in modo più rispettoso nei confronti delle altre femmine marchiate.

Il macchinario rallentò, poi si fermò e Lyssa scese sul materasso, restando lì accanto al toro mentre Audrey le faceva una foto col cellulare.

L'uomo che voleva scoparsi la mia compagna si avvicinò all'apertura nel muretto che doveva attraversare lei. Rimase lì in attesa.

«No, col cazzo,» borbottai e scattai in quella direzione. Le mani mi si strinsero a pugno. Assottigliai lo sguardo e probabilmente i miei occhi si fecero ambrati. Spintonai via la gente per arrivare da lui.

Lo stronzo la afferrò per un braccio e la spinse contro la parete laterale. Lyssa si oppose e fu di nuovo tutto come con Simi. Il mio campo visivo si restrinse e si concentrò, osservando tramite gli occhi del lupo. Avevo un ruggito nelle orecchie.

Quel tipo voleva farle del male.

Voleva fare del male alla mia compagna.

Dovevo impedirlo.

«Lasciami.» Lyssa cercò di spintonare via quel tipo.

«*Ehi.*» Willow lo afferrò per una spalla. Era in parte mutante e avrebbe potuto sbatterlo dall'altra parte della stanza se avesse voluto, ma io non gliene diedi l'occasione.

Spinsi via un tavolino e poggiai una mano su uno degli sgabelli per prendere lo slancio del salto.

«Non toccarla, cazzo,» ringhiai mentre atterravo e strattonavo via quel tipo dalla mia compagna. Il mio pugno gli colpì la mascella e lui non solo finì a terra, ma volò via.

Avevo usato la forza da mutante su un umano – una grossa violazione delle regole della mia specie – ma non sembravo riuscire a fermarmi.

Era come quando era stata attaccata Simi, solo peggio. Mi balenarono in mente le immagini di mia sorella che giaceva a terra, gli abiti strappati di dosso, che lottava con un tipo grosso il doppio di lei.

Solo che quella volta, c'era Lyssa a terra nella foresta.

Erano gli abiti di Lyssa quelli lacerati.

Quello stronzo stava cercando di violentare lei.

Non bastava che il tipo le si fosse tolto di dosso. Dovevo eliminare la minaccia.

Fermare il suo cuore.

L'avrei fatto *fuori*.

EMMA

Sapevo che mi avrebbe salvata.

Nessun uomo aveva mai difeso il mio onore prima di allora, ma nell'istante in cui quel tipo ubriaco mi aveva bloccato la strada, ero stata certa che Johnny sarebbe venuto a sistemare le cose.

Ciò che non avevo saputo – ma forse avrei dovuto – era quanto fosse spaventoso vederglielo fare. Era impazzito. I suoi occhi avevano un luccichio folle, digrignava i denti e non si era fermato a vedere se stessi bene prima di scagliarsi su quel tipo.

«Tu non la tocchi, cazzo,» ringhiò, sebbene il tipo si trovasse ormai a tre metri da me. *Tre metri.*

Io ero immobilizzata. Sconvolta. Un tantino spaventata, ma stavo cercando di elaborare cosa stavo vedendo. Johnny che perdeva del tutto la testa.

Avanzò a grandi passi verso il tipo, che stava cercando di rialzarsi dall'altro lato della zona recintata che ospitava il toro meccanico.

«Johnny, no! *Fermatelo,*» sentii urlare uno dei ragazzi del ranch.

Fu quello a risvegliarmi. A ricordarmi del suo racconto su sua sorella, quando aveva confidato di essersi spinto troppo oltre. Rammentai il dolore che aveva detto di provare riguardo a ciò che aveva fatto.

Dovevo fermarlo prima che facesse qualcosa di cui si sarebbe pentito di nuovo. Non mi piaceva che un tipo ubriaco ci provasse con me, standomi addosso e senza comprendere la parola *no*, ma mi trovavo in un luogo pubblico. C'erano le ragazze. Così come i ragazzi del Wolf Ranch. E anche Cody, il proprietario del bar. Una stanza piena di uomini sobri e non stronzi disposta ad aiutarmi. Avrei potuto urlare. Ero stata arrabbiata e un tantino spaventata, ma non mi ero davvero trovata in pericolo.

Non fosse che non pareva che Johnny la vedesse così.

Clint si fece strada a spintoni. Anche tutti gli altri ragazzi del ranch stavano avanzando tra la folla in crescita.

«Stai bene? Sei ferita?» Willow mi si avvicinò e mi scrutò con attenzione.

Io scossi la testa e seguii Johnny, cercando a mia volta

di farmi strada tra la fitta folla di gente nel tentativo di raggiungerlo.

Ci sarebbe stata una rissa? Adesso gli amici dell'uomo ubriaco stavano urlando e uno di loro tirò un pugno a Johnny. Giuro su Dio che rimbalzò dritto via dai suoi addominali muscolosi come se non avesse sentito nulla. Lui continuò ad avanzare deciso verso il mio assalitore. Quel tipo si era rialzato da terra, ma barcollava, come se non avesse capito cosa era successo.

Johnny balzò in aria – *più di un metro e mezzo* – e si scagliò di nuovo sul tipo. Finirono entrambi a rotolare a terra.

Colton e Clint finalmente li raggiunsero. Johnny tirò indietro un braccio per sferrare un pugno, ma prima che potesse farlo, i suoi amici lo trascinarono via.

«Tiratelo via. Portatelo fuori di qui,» abbaiò Rob. Era dritto dietro gli altri.

Non mi piaceva la forza con cui stavano trattenendo Johnny. Sapevo che erano suoi amici e lo stavano facendo per il suo bene, ma odiavo che dovesse dimenarsi nella loro presa.

«Le ha fatto del male,» ringhiò Johnny. «Stava per...»

Io mi gettai davanti a lui, le mie mani sul suo petto scolpito. «Sto bene.» Cercai di incrociare il suo sguardo. I suoi occhi sembravano selvaggi, le iridi luccicavano quasi di giallo e stringeva i denti.

«*Johnny,*» dissi di nuovo, questa volta con più vigore.

Il suo sguardo scattò nel mio.

Io allungai le mani verso il suo viso e lo tenni tra i palmi. Aveva la pelle calda. Sudata. «Johnny, non sono ferita. L'hai fermato. Va tutto bene.»

Lui si immobilizzò. «Lyssa?»

Non avevo mai odiato il nome di mia sorella sulle sue labbra più di così. Volevo davvero essere *io* quella che stava guardando in parte con disperazione e in parte con sollievo.

«Hai perso la testa, ragazzino. Ci hai appena causato un sacco di guai,» disse severo Rob. «Invece di prenderti cura della tua c... femmina, hai cercato lo scontro.»

Avrei voluto dire a Rob di tacere. Di smetterla di fare la predica a Johnny.

Però andava bene perché Johnny aveva occhi solo per me. «Cazzo, Lyssa. Mi dispiace.»

I suoi amici lo lasciarono andare, senza dubbio rendendosi conto che aveva riacquisito il controllo. Oltre lo stretto cerchio di persone che avevano creato, il tipo ubriaco e i suoi amici stavano ancora cercando di litigare, ma i ragazzi del Wolf Ranch li ignoravano.

Johnny mi prese tra le braccia, sollevandomi da terra in stile sposa.

«Già, portala via di qui,» sbottò Rob.

Johnny si stava già muovendo, come se avesse avuto bisogno di portarmi via di lì prima che quel posto esplodesse. «Lyssa... ho... ho perso di nuovo il controllo. Ti ho lasciata lì da sola.»

«Sono qui, adesso,» mormorai.

La folla si divise per noi, sussurrando e guardandoci. Qualcuno diede una pacca a Johnny sulla schiena, un altro lo chiamò *stronzo* e lo apostrofò con altri nomignoli. Lui ignorò tutti e mi portò fuori e dritto al suo pickup. Lì, mi mise a terra accanto alla portiera lato passeggero. «Lyssa...» Mi accarezzò le braccia con le mani, per poi sollevare quello che mi aveva afferrato il tipo ed esaminare i segni delle dita che mi aveva lasciato.

Il suo viso assunse di nuovo un'espressione assassina e dalla sua gola si levò un ringhio inquietante.

«Sto bene,» dissi decisa.

Alcuni degli amici del tipo ubriaco si riversarono fuori dalla porta d'ingresso, urlandoci contro. «Ti ammazzeremo per quello che hai fatto!» gridò uno di loro.

Il cuore mi batteva all'impazzata, ma feci attenzione a non mostrare la mia paura. Non volevo che Johnny si lanciasse in un altro scontro per me. «Portami a casa,» implorai, non desiderando altro che allontanarmi il più possibile da lì.

Lui si lanciò un'occhiata alle spalle in direzione degli stronzi che stavano venendo verso di noi, le sopracciglia abbassate.

Willow era uscita, seguita dai ragazzi del Wolf Ranch, e stava cercando di placare l'altra gang. «Ora basta, ragazzi. È ora di andarcene tutti a casa,» disse con voce calma e autoritaria.

Johnny tornò a guardare me. La sua espressione era

addolorata. Il suo sguardo tormentato. «Non intendi *a casa*... a casa, vero?»

Oddio. Mi ricordai di come fosse stato cacciato via dopo aver salvato sua sorella. Pensava che volessi lasciarlo? Rompere con lui?

E wow, stavo già considerando quella cosa una relazione che si potesse rompere?

Già, supposi di sì. A un certo punto nelle ultime ventiquattr'ore, eravamo passati da *storiella* a *per sempre*.

Le voci alle nostre spalle erano ancora animate. Volevo andarmene via da lì prima che succedesse altro. Dovevamo smorzare gli animi. Placare Johnny. Fargli capire che stavo bene. Che si era trattato di uno stupido ubriaco che faceva lo stupido. Nient'altro.

«Intendo a casa al Wolf Ranch. Con te,» chiarii, cercando di sembrare sincera, così che sapesse che era la verità. Dopo tutte le frottole, dissi l'unica cosa che credevo sin nel profondo del mio... cuore. «Voglio stare con te.»

Lui rimase lì, immobile mentre le voci alterate si avvicinavano. Espirò. Il suo volto si contorse, il dolore che gli solcava i lineamenti. «Davvero?»

Io annuii.

Il suo sguardo mi scorse addosso, ma non nella maniera sexy di prima. «Stai bene? Cioè... non rispetto a ciò che ha fatto lui, ma...»

Willow e Rob stavano frapponendo i propri corpi tra i nostri e quelli degli amici del tipo ubriaco.

«Saliamo in macchina, Johnny,» lo spronai.

Lui sbatté le palpebre, sembrando rendersi conto di cosa stava succedendo alle sue spalle. «Sì. Okay.» Mi aprì la portiera e mi fece salire, concedendosi il tempo di allacciarmi la cintura.

Io mi preparai ai guai mentre chiudeva la mia portiera per fare il giro dell'auto, ma lui non lanciò nemmeno un'occhiata ai tipi rissosi. Lo guardai nello specchietto retrovisore mentre faceva il giro, la fronte aggrottata, lo sguardo basso come se fosse assorto nei suoi pensieri.

Chiuse la propria portiera e avviò il pickup. Quando ci fummo immessi sulla strada a una sola corsia, esordì: «Ti sta bene ciò che... hai visto? Di me?»

Io allungai una mano verso la sua e intrecciai le dita tra le sue, poggiandomele sulla coscia. «Non ho paura di te,» risposi.

Lui guardò accigliato la strada di fronte a noi, ancora turbato. «Avrei potuto spingermi di nuovo troppo oltre stasera. Cazzo!» Sbatté la mano sul cruscotto.

Io trasalii, ma mantenni la calma. Non mi avrebbe fatto del male. «Non l'hai fatto, però. Va tutto bene.»

Lui mi lanciò un'occhiata per poi tornare a guardare la strada. «Non hai... chiuso con me?» La sua voce si incrinò sulla parola *chiuso*.

«Non ho chiuso.» La mia voce fu bassa e pacata. Come una promessa solenne. Trovai di nuovo la sua mano e gli strinsi le dita, così da potergli ricordare il nostro legame. Non potevo salirgli in braccio e rassicurarlo mentre guidava, per cui mi limitai a quel contatto.

Johnny sbatté rapidamente le palpebre e il suo petto si riempì d'aria, che trattenne per un istante prima di lasciarla andare piano. «Cazzo, Lyssa. Mi spiace di aver rovinato la nostra serata.»

Era sbagliato che non la ritenessi rovinata? Non volevo elogiarlo o ringraziarlo per essere stato violento perché sembrava avere un problema, ma non avevo intenzione di rinunciare a quel momento per nulla al mondo.

A quella vicinanza. Quell'esporre senza filtri i nostri cuori l'uno all'altra.

Dovevo chiederglielo. «Johnny, quando hai detto che ti sei spinto troppo oltre l'ultima volta...»

I fari di un'auto in arrivo illuminarono il suo viso e io riuscii a scorgere l'occhiata allarmata che mi aveva lanciato. Oh cavolo.

Aveva fatto del male alla persona che aveva aggredito sua sorella. A giudicare da come mi aveva guardato, forse pure peggio.

Il mio cuore sprofondò. Era brutta come sospettavo. Potevo conviverci? Un tipo che non conosceva la propria forza quando proteggeva qualcuno che amava?

Sì, potevo.

Per via del suo rimpianto. Perché dimostrava la capacità di cambiare e il desiderio di guarire.

«È morto?» mi costrinsi a chiedere. Perché magari

avrebbe aiutato tirar fuori quel trauma. Non lasciarlo lì rannicchiato dietro la porta come un mostro.

«Sì.» Johnny aveva la voce roca. «Ha quasi violentato mia sorella. L'ha aggredita. Le ha strappato i vestiti di dosso prima che potessi raggiungerla. Non intendevo ucciderlo, ma lui ha opposto resistenza e non si è trattenuto. Non avevo intenzione di lasciarlo andare dopo quello che le aveva fatto, ma era diventata una situazione in cui bisognava uccidere o essere uccisi.»

Io annuii e gli strinsi la mano. Potevo solo immaginare come fosse stato.

«Ti amo.»

Non era stata mia intenzione dirlo. Non era nemmeno il momento giusto. Ma furono quelle le parole che mi uscirono. L'unica cosa che mi venne in mente di potergli offrire che fosse all'altezza dell'enormità di ciò che aveva condiviso lui con me.

Ciò che intendevo dire era *Sono qui per te.*

Ti capisco.

Non ti sto giudicando.

Non ti respingerò.

«Sì?» Quella parola si riversò fuori da Johnny e, quando lo guardai, aveva di nuovo gli occhi che brillavano gialli-arancioni nel buio.

«Cioè... non intendevo...»

«Non osare rimangiartelo.»

Io emisi una risatina sollevata. «Okay. Allora non lo farò.» Dio, il mio cuore era talmente pieno che il petto riusciva a malapena a contenerlo. «È solo... veloce. Troppo in fretta, forse.»

«Non rimangiartelo. Lo so, come hai detto tu, sembra veloce, ma Lyssa, ho sentito qualcosa di speciale nell'istante in cui ti ho conosciuta. Sapevo che eri quella giusta. Riesci a crederci?»

Io trasalii. Mi si riempirono gli occhi di lacrime.

Non mi ero mai immaginata che qualcuno potesse dire che fossi *quella giusta*.

Dio, per tutta la mia vita ero stata *quella sbagliata*.

Johnny voleva me. Emma.

Se non altro, pensavo che volesse me.

E se in realtà ciò che voleva era la versione Lyssa di me? Non la vera me. E se fosse rimasto deluso una volta che avesse scoperto che ero la noiosa vecchia Emma? Nessuno di interessante?

Scacciai via quei pensieri e incrociai lo sguardo di Johnny. «Ci credo,» sussurrai, perché era quasi vero.

Volevo che fosse vero.

Bastava, no?

23

JOHNNY

PORCA PUTTANA. Mi ero perso così tante cose nella vita prima di Lyssa. Prima che mi dicesse di amarmi. Ora, mi sentivo... realizzato. Il mio lupo era felice. Non fosse che io e lui stavamo mantenendo a malapena il controllo. Ciò che era successo con quello stronzo da Cody ne era la prova. Volevo morderla. Marchiarla. Farla mia.

Dopo essere tornati al capanno, non avevo nemmeno aiutato Lyssa ad allontanarsi dal pickup prima di prenderla. Le avevo slacciato la cintura, l'avevo tirata fuori, l'avevo fatta voltare, le avevo tirato su la gonna e me l'ero scopata.

Brusco. Forte. A fondo.

Le avevo fatto dimenticare che quel tipo era anche

solo esistito. Le avevo fatto sapere che era mia. Mi ero temporaneamente placato quando – e solo quando – mi ero tirato fuori da lei, schizzando il mio seme su tutto quel suo bellissimo culo perfetto per poi spalmarglielo sulla pelle. Non le avevo permesso di farsi la doccia o lavarselo via. Riuscivo a sentire il mio odore su di lei.

Placava il mio lupo, che moriva dalla voglia di marchiarla.

Quella mattina, avevamo dormito fino a tardi, poi l'avevo portata a fare un'escursione spettacolare fino a un lago di montagna dove avevamo fatto un picnic. Eravamo tornati e ci eravamo fatti una bella doccia lunga insieme e avevamo avuto in mente di tornare a letto per un sonnellino, visto che l'avevo tenuta sveglia fino a troppo tardi la notte prima a urlare il mio nome.

Il cellulare di Lyssa squillò. Io lanciai un'occhiata furtiva allo schermo per vedere se fosse Chapman, ma c'era scritto *Stan*.

Il mio lupo ringhiò alla vista del nome di un altro uomo. Cazzo, la luna piena mi rendeva possessivo da morire.

«È il mio vecchio capo.» Mi guardava come se avrei potuto consigliarle qualcosa. Come se fosse indecisa.

«Che cosa vuole?»

«Credo mi rivoglia con sé.» Deglutì e scorse verso destra per rispondere. Nello stesso momento, qualcuno bussò alla porta del capanno.

Merda. *La rivuole con sé?*

L'aprii e trovai Rob.

Sapevo che sarebbe successo. Me l'ero aspettato e più la giornata era trascorsa senza avere notizie da parte sua, più avevo cominciato a temere quel momento.

«Hai tempo per parlare?» Rob aveva i pollici infilati nelle tasche anteriori dei jeans e, sebbene sembrasse molto tranquillo, non lo era. In più, la sua domanda non era affatto una domanda.

Voleva parlare e voleva farlo subito.

Mi lanciai un'occhiata alle spalle e vidi Lyssa al telefono.

«Certo,» dissi. «Fammi prendere una maglietta.»

Indossavo solo i jeans dopo la nostra doccia. Non li avevo nemmeno abbottonati.

Una volta vestito, uscii e mi chiusi la porta alle spalle.

Camminammo per qualche minuto in direzione del fienile, al riparo dalla possibilità che Lyssa origliasse.

«Mi spiace per ieri sera, Alfa. So di aver perso il controllo.» Mi fermai nel bel mezzo della radura. Anche Rob si fermò e si voltò.

«Eccome se l'hai perso. Avresti potuto uccidere quel tizio col primo pugno che gli hai tirato.»

«Lo so.»

«Ti è andata bene che non gli hai spezzato l'osso del collo.» C'era un tono autoritario da alfa nella sua voce che mi colpì dritto al petto, immobilizzandomi. Era peggio di un urlo.

Mi passai una mano sul viso, travolto dalla vergogna.

Cazzo. E se Rob avesse deciso che ero un peso per il branco? E se fossi stato cacciato dal branco del Wolf Ranch, proprio come mi era successo a casa?

Fui attanagliato da un forte senso di paura come da gelidi artigli. «Lo so, Alfa. Scusami.»

Miracolosamente, Rob cedette. Forse vide il panico nella mia espressione, perché mi posò una mano sulla spalla e il suo tono di voce cambiò. «Va tutto bene, ragazzino. La luna è quasi piena e lui stava toccando la tua compagna non ancora marchiata. Il tuo lupo si è fatto protettivo.»

Grazie a Dio. Non mi stava cacciando.

«Avrebbe potuto succedere a chiunque di noi.»

Chinai la testa, sopraffatto dal sollievo. «Cazzo. Grazie per averlo detto. Vorrei essere una risorsa per questo branco. Io...»

«Lo sei.» Mi strinse la spalla e mi lasciò andare. «Come stanno andando le cose con Lyssa, a parte la rissa di ieri sera?»

«Alla grande. Non è scappata dopo ieri sera. Per quanto possa sembrare folle, credo che ci abbia avvicinati, in realtà.»

«Bene. Allora marchiala.»

Io scossi la testa. «Non ancora. Non è pronta. Non sono passati nemmeno due giorni,» gli ricordai.

Lui annuì, riflettendoci. «Ho avuto risposta dal nostro investigatore in Arizona. Lyssa è a posto. Ho il rapporto sulla mia scrivania. Età, passato, foto, coincide tutto. Non c'è nulla su di lei.»

Sapevo che era autentica, ma ne fui comunque sollevato. Forse perché avrebbe convinto Rob ad aprire gli occhi e smetterla di pensare che potesse essere una minaccia. Non avevo intenzione di dirlo ad alta voce, però.

Lui mi scrutò. «Che cosa hai scoperto su Chapman da lei?»

Io espirai. «Nulla di nuovo. Il che significa niente.»

«L'ha chiamato?»

«Sì, ieri. Nessuna risposta.»

All'epoca, ne ero rimasto sollevato. Adesso, però? Cazzo. Per quanto mi avesse concesso due giorni, mi sentivo il peso del mondo sulle spalle. Chapman non sarebbe diventato meno colpevole solo perché io avevo trovato la mia compagna. Il fatto che mi stessi prendendo del tempo libero non aiutava a catturarlo e a porre fine ai suoi traffici.

La pressione di stare con la mia compagna unita a quel nuovo incarico era troppo. Così come l'essere spinto a marchiare un'umana che, per quanto avesse detto di amarmi, era... inquieta. Come potevo dirle dei mutanti, del marchiarla e che sarebbe stata mia per sempre quando avrebbe potuto andarsene?

«Devi tirarle fuori quell'informazione.»

«Cosa vuoi che le chieda? Non lo vede da settimane. Non sa dove sia.»

«Falla richiamare di nuovo.»

«Ne abbiamo parlato. Ammetto di averla distratta.»

«Che lasci un messaggio dicendo che c'è il tritarifiuti che non funziona, o la macchinetta per il ghiaccio che perde e ha rovinato i pavimenti in legno. Qualcosa. Non me ne frega un cazzo. Fa' in modo che chiami e che lei gli chieda dove si trovi e quando ritornerà al ranch.»

Non volevo che Lyssa fosse coinvolta con Chapman. Il solo sapere che era una sua dipendente, che avesse abitato da sola in casa sua, mi faceva venire voglia di dare di matto. Cominciai a fare avanti e indietro. Poi mi strattonai i capelli.

«Ascolta. Devi fare attenzione con lei stanotte. Probabilmente dovresti uscire con noi per la corsa della luna piena e sfogarti un po'. Altrimenti, il tuo lupo potrebbe cercare di marchiarla senza che tu lo voglia. Visto come ti sei comportato ieri sera, non sono sicuro che sapresti controllarti.»

Io annuii rispettoso, ma non avrei mai potuto lasciare Lyssa lì da sola né con le altre donne quella sera. Ci eravamo appena conosciuti. Non sarebbe rimasta ad aspettarmi se l'avessi abbandonata. Di certo non volevo che tornasse a mettersi in pericolo al ranch di Chapman mentre io me ne andavo a correre coi miei compagni di branco.

Tuttavia, borbottai: «Sì, Alfa,» giusto perché mi lasciasse in pace.

Rob mi rivolse un cenno col cappello e si allontanò verso il fienile. Io girai sui tacchi e tornai al capanno.

Lyssa era in cucina a preparare una caraffa di caffè. Avrei dovuto sentirmi in colpa per il fatto che fosse talmente stanca da berne una tazza così tardi, ma il ricordo di tenerla sveglia per scoparla più e più volte – la femmina che aveva detto di amarmi – me lo fece venire di nuovo duro.

«Ehi, piccola,» mormorai. «Non ti serve il caffè. Stiamo per farci un sonnellino, ricordi?»

Lei mi guardò da sopra la spalla mentre misurava i chicchi di caffè. Aveva i capelli lunghi e scompigliati lungo la schiena.

La amavo.

«Oh, sì. Mi piace come idea.»

«Com'è andata la telefonata?»

Lei piegò la testa avanti e indietro. «Mi ha offerto la nuova posizione di cui mi aveva scritto ieri.»

Cercai di rimanere calmo, ma il mio lupo non era felice.

«Dunque questo era il lavoro ad Hollywood a creare effetti speciali? Quello che hai lasciato qualche mese fa?»

Lei esitò, solo per una frazione di secondo.

Cosa non voleva dirmi?

«Già. È stato... folle.» Lasciando perdere il caffè, si girò a guardarmi. Dopo la nostra doccia, si era vestita, ma a malapena. Indossava una delle mie magliette e non indossava reggiseno. Né dei pantaloncini.

Fui distratto dai suoi piccoli capezzoli duri e dal chiedermi se avesse le mutandine.

Arricciai un dito e, da brava ragazza, lei venne da me. La strinsi tra le braccia e posai le mani sul suo culo.

Cazzo, sì, niente mutandine.

«Cosa è stato folle, piccola?» chiesi, cercando di rimanere concentrato. Il suo odore più il suo culo nudo equivalevano a un cazzo duro.

La presi in braccio. Con uno strillo, lei mi avvolse le braccia attorno al collo. Ci sistemammo sul divano per parlare.

«Parlami del tuo capo. Perché il lavoro era folle.»

Lei sospirò. «Lavoravo ottanta ore alla settimana e qualunque cosa producessi non andava mai bene abbastanza. Non avevo una vita al di fuori del mio lavoro, cosa che sarebbe andata bene, perché in realtà quel lavoro mi piaceva un sacco all'inizio, ma ho finito con l'odiarlo.»

«Perché?»

Lei sospirò e scosse la testa. «Hollywood è da pazzi. Un ambiente di lavoro tossico, quello è certo. Tutto viene fatto su commissione e ci sono troppe mani in pasta. È pieno di produttori, direttori, manager, attori, designer e ti arrivano indicazioni del tutto diverse da ciascuno di loro. Chiedono una cosa, ma non sanno davvero che cosa vogliano, per cui non sono mai contenti di ciò che consegni. E il mio capo mi ha sempre fatta sentire come se fosse colpa mia.»

Strinsi la presa attorno a lei. Volevo dei nomi. Dovevo

fare una bella chiacchierata con chiunque avesse fatto star male la mia compagna. «Sembra un vero inferno.»

Lei annuì. «Già. Per cui mi sono licenziata. Me ne sono andata, il che non è affatto da me. Ed ecco come sono finita nel Montana.»

«A lavorare per Chapman. Come hai ottenuto quel lavoro?»

«Uhm...»

Stava trattenendo il fiato?

«In realtà è stata mia sorella a procurarmelo. Dio solo sa come abbia conosciuto Chapman. È il tipo di persona che incontra gente e crea contatti ovunque vada.»

Sorrisi. «Sembra un tipo divertente.»

Per qualche ragione, Lyssa non rispose. Il suo odore era amareggiato.

«Mai divertente quanto te, però,» dissi, cercando di sistemare qualunque cosa avessi sbagliato.

Lei emise una risatina pungente e abbassò lo sguardo. «Non sono io quella divertente.»

«Cosa?» La sollevai dalla vita e me la risistemai in braccio così che mi fosse a cavalcioni rivolta verso di me.

Lei mi fissava la clavicola.

«Pensi di non essere divertente?»

Lei fece spallucce. «Non in confronto a mia sorella.»

Ridacchiai. «Credimi, piccola Lyssa. Sei divertente. Mi sono divertito di più con te negli ultimi due giorni di quanto abbia mai fatto in tutta la mia vita.»

Ciò le strappò un sorriso e il suo sguardo scuro si levò sul mio. «Già, anch'io.»

«Allora, hai mandato il tuo capo a quel paese? Cosa aveva da dire?»

«L'hanno assunto per creare gli effetti per un nuovo film e mi vuole nella squadra. Gli ho detto di no. Lui ha detto che avrei dovuto pensarci e mi ha offerto tre volte quello che guadagnavo prima.»

Il mio cuore si fermò per un istante. Già, ero fiero di lei per il fatto che fosse tanto desiderata, ma *io la desideravo di più*. La mia compagna avrebbe potuto trasferirsi in un altro Stato.

«Wow. Ci stai riflettendo?» Cercai di mantenere un tono di voce neutrale. Avrei voluto buttare lì, *che mi dici del tuo lavoro al ranch*, ma mi trattenni. Quel lavoro era già concluso. Molto probabilmente Chapman sarebbe morto e lei si sarebbe trasferita qui.

Non fosse che aveva quella fantastica offerta di lavoro...

Cazzo. Non volevo che tornasse a Los Angeles. Un buon fidanzato, però, avrebbe supportato la sua scelta lavorativa. Un buon compagno avrebbe ucciso o sarebbe morto pur di assicurarsi che fosse felice. Il che significava che avrei potuto dovermi trovare un lavoro a Hollywood. Magari come stuntman, visto che ero quasi indistruttibile.

Lei esitò per un istante. «Non proprio. Uno stipendio buono non cambia un pessimo ambiente lavorativo.»

Io lasciai andare il respiro che avevo trattenuto. «Bene. Perché sarai piuttosto impegnata qui nell'immediato futuro.» Le mordicchiai il collo. «Diciamo che ho intenzione di ammanettarti a me.»

«Mmm, ah sì?» La sua voce aveva un tono seducente che mi arrivò dritto al cazzo.

Era il mio segnale. Era ufficialmente ora di fare un sonnellino. O quantomeno di spogliarci e sdraiarci di nuovo.

La ripresi in braccio e mi diressi in camera da letto.

24

EMMA

Sognai Johnny. Stava lottando contro qualcuno per me: Stan, credevo. Ma poi chiamai il suo nome e lui si fermò e si voltò e si mise in ginocchio in un campo dorato chiedendomi di sposarlo.

Mi svegliai da quel beato sonnellino con la sensazione del suo corpo rigido avvolto attorno al mio.

«Sei sveglia.»

Sbattei le palpebre per poi guardarmi oltre la spalla. Lo trovai chino su di me appoggiato a un gomito, che mi scrutava. La stanza era buia a parte la luce della luna che filtrava dalle finestre. Quanto avevamo dormito? Tutto il pomeriggio, a quanto pareva.

Risi, imbarazzata. «Mi stavi guardando dormire?»

«Mi stavo solo meravigliando.»

«Di cosa?»

«Di quanto sei bella, cazzo.» Come se interpellato, il suo membro fremette contro il mio culo, pronto per altro, sebbene avessimo fatto l'amore prima del nostro sonnellino. Era insaziabile. E lo stesso valeva per me.

«Tutti questi elogi mi daranno alla testa.» Gli presi la mano dalla mia vita e la sollevai a coprirmi un seno, dandogli il via libera per fare altro sesso.

«Voglio che ti dia alla testa.» Lui mi fece rotolare sulla schiena, per poi salirmi addosso. «E alla fica.» Agitò le sopracciglia con fare allusivo.

Io non potei fare a meno di ridere né di sollevare i fianchi contro i suoi. «Oh, praticamente tutto quello che fai e dici mi arriva alla fica,» ammisi. «Mi ecciti solo esistendo.»

«Diamine.» I fianchi di Johnny scattarono e il suo cazzo si spinse nello spazio appena sotto la mia intimità. Non riuscii a trattenere il gemito che mi sfuggì dalle labbra.

Ero bagnata per lui, non avevo mentito riguardo al fatto di essere costantemente eccitata. Avevo già avuto necessità in passato, certo. Ero stata perfino arrapata. Quella, però, era tutta un'altra cosa. Era una... bramosia. Bramavo Johnny e il piacere che condividevamo.

«Mi farai venire prima ancora che ti penetri, piccola,» ringhiò lui.

Io gli baciai la mandibola e lui chinò il viso per unire

le nostre bocche. Quando io infilai la lingua tra le sue labbra, assumendo il ruolo dominante tanto per cambiare, lui gemette. «Come farò a trattenermi stanotte?» Lanciò un'occhiata alla finestra. «C'è la luna piena. Tu sei nuda e sotto di me. Hai la fica bagnata che mi invita. Morirò cercando di non... di non esagerare.»

«Cosa intendi, *non esagerare*? Adoro tutto quello che mi fai.» Ondeggiai i fianchi sotto di lui, volendo prenderlo dentro di me. Non è che fossimo adolescenti che non avevano ancora fatto sesso. Le sue parole non avevano senso. Specie dopo che avevo scelto dei giocattolini da quella scatola e li avevamo usati.

«Intendo soltanto... diventare troppo aggressivo. Essere troppo brusco. Sono così eccitato. Potrei sbatterti fino a farti perdere i sensi.»

Mi si aprì un gran sorriso sul viso. *Sì, ti prego.* «Proviamoci.»

Johnny assunse un'aria altrettanto maliziosa. «Mi stai uccidendo.» Mi rotolò via di dosso. «Resta lì. Vado a prendere un preservativo.»

«No. Non, uhm, non li abbiamo usati sempre.»

Lui mi sorrise imbarazzato, ma c'era anche un luccichio selvaggio nei suoi occhi. Come se non gli fosse importato delle conseguenze, o se le avesse perfino volute.

«Io prendo la pillola, per cui sono a posto. Se lo sei tu.»

Lui mi scrutò per un istante, poi ringhiò.

Dio, mi faceva sentire così sexy che mi desiderasse tanto. Che mi trovasse tanto attraente da temere di perdere il controllo.

Ma se nulla di tutto quello fosse stato reale? Sapevo che la parte fisica lo era, ma magari lui si era creato tutta una fantasia in testa – una che non si adattava a chi fossi realmente.

Proprio come io l'avevo oggettificato come il mio "cowboy figo" prima ancora di conoscerlo

E se tutto quello si fosse esaurito nel giro di poche settimane o pochi mesi quando si fosse reso conto che non ero la vera Lyssa? Cosa sarebbe successo quando avesse scoperto che ero semplicemente la banale vecchia Emma, la brava ragazza conservativa che non rischia mai, non flirta mai, né sale sull'auto di un cowboy sexy con una valigia poche ore dopo averlo conosciuto, e scopato?

Io non ero la donna con una scatola piena di sex toy.

Non ero quella che faceva amicizia in fretta con un gruppo di donne in un saloon.

Forse le cose si stavano muovendo troppo in fretta. Forse mi sarei svegliata nel giro di una settimana o un mese e mi sarei resa conto di essere stata presa in giro.

Dio, e se Johnny fosse stato semplicemente davvero bravo a sedurre le donne? Un tipo da botta e via?

E se fossi stata raggirata? Imbrogliata o chissà che.

Prima che potessi perdere del tutto la bussola,

Johnny mi allargò le ginocchia con le sue. «Vuoi questo cazzo, piccola?»

Nell'istante in cui mi fu di nuovo vicino, abbandonai le paranoie e abbassai una mano per guidarlo dentro di me. «Sì.»

Lui mi si infilò dentro. «Dove lo vuoi?» Si spinse fino in fondo, puntando verso l'alto con la punta della sua erezione per colpire i miei muscoli interni. «Qui?»

«Sì,» esalai io, già persa in quella sensazione.

Era così bello. Era come se i nostri corpi fossero stati fatti l'uno per l'altro. Forse esisteva davvero un destino.

Tuttavia, forse si trattava di una battuta che sfruttava Johnny.

No, stavo dando di matto. Quella cosa era reale. Volevo che fosse reale. Gli avevo detto di amarlo. Mi morsi un labbro perché le sue spinte erano bellissime, ma anche per non lasciarmelo sfuggire di nuovo. Avevo rovinato tutto dicendolo?

La vocina nella mia testa mi chiese, *ma tu ti stai dimostrando reale con lui? Hai finto una telefonata al tuo finto capo!*

'Fanculo, voce. Ero Lyssa in quel momento. E Lyssa poteva fare del sesso eccitante e privo di significato ogni volta che voleva. Non stava a farsi paranoie riguardo al fatto che un tipo sfruttasse una battuta o meno. Si divertiva e basta. E si godeva il suo cazzo magico.

Era quello che avevo bisogno di fare in quel

momento. Non farmi venire l'ansia perché mi ero lasciata sfuggire un *ti amo*.

«Stai bene?» Johnny stava osservando la mia faccia mentre si inarcava dentro e fuori di me.

«Sì!» Dannazione, dovevo smetterla di dubitare. «È bello. Bellissimo.»

Lui si tirò fuori. «Solo bellissimo? Forse ti serve qualcosa di più.» Mi fece rotolare a pancia in giù e mi sculacciò.

Io scalciai. «No! Ho bisogno di te. Del tuo cazzo. È tutto ciò che mi serve.»

«Be', ti becchi un plug. Cazzo, sì. Voglio quel bellissimo culo col mio plug dentro quando ti scoperò stanotte.»

«Oddio.» Bastò quello. Qualunque altro pensiero fu bandito mentre mi arrendevo al linguaggio sporco di Johnny e alla sua abile dominanza. Rimasi lì sdraiata ansimante di desiderio mentre mi lubrificava l'ano e il plug, per poi inserirlo delicatamente.

«Guarda come prendi bene il plug. La mia ragazzaccia,» disse per poi farmi girare di nuovo.

Gli occhi mi si stavano già rigirando all'indietro quando lui mi penetrò di nuovo. Fui travolta da una sensazione deliziosa: il mio culo col plug, il suo cazzo che sfregava entrando e uscendo. Così stretta. Così piena. Così... sporca.

Persi la cognizione del tempo... non sapevo se lo stessimo facendo da qualche minuto o da un'ora. Ero sospesa nel piacere. Johnny si fece più brusco. Si sostenne con una mano contro la testiera e il letto prese a ondeggiare e scricchiolare, sbattendo contro la parete a ritmo sempre più veloce.

Quando aprii gli occhi, il respiro di Johnny si era fatto irregolare. I suoi occhi brillavano alla luce della luna e aveva la mascella serrata, come se si stesse trattenendo. Ancora.

Wow. Forse avrebbe potuto *davvero* esagerare. Quello era il massimo che potessi sopportare in quanto a forza bruta. Una qualche parte perversa di me, però – l'aspirante Lyssa – desiderava scoprire cosa aveva inteso. Quanto brusco potesse diventare. Sapevo che era vigoroso, ma quello?

Allungai le braccia verso di lui, graffiandogli le spalle con le unghie, spronandolo ulteriormente. «Lo voglio, Johnny,» implorai, ondeggiando i fianchi spinta dopo spinta. «Voglio tutto. Dammelo.»

«Caaaaaazzo,» gemette lui. «Cazzo, Lyssa!»

Non mi importava nemmeno che mi avesse chiamato così visto che era il ruolo che stavo interpretando. A quella versione di me piaceva avere qualcosa nel culo. Adorava farsi scopare forte. Era disinibita. Vogliosa.

«Sì, Johnny. Di più. Dammelo.»

«Cazzo!» urlò lui, sbattendosi dentro di me, i fianchi che si impennavano.

Avrei potuto giurare che fossimo talmente legati da

sentire il calore del suo seme dentro di me. Chinò la testa sulla mia spalla e poi...

«Ahh!» strillai quando lui mi morse, con troppa forza. Ebbi la sensazione che un dente mi avesse perforato la pelle. Inarcai la schiena e tirai indietro di scatto il collo.

«Oh cazzo!» gridò lui. «Oh cazzo, Lyssa, mi dispiace così tanto!»

In un baleno – più velocemente di quanto potessi anche solo riuscire a seguirlo – Johnny mi scese di dosso e raggiunse la porta. «CAZZO.» Quella volta fu più un ringhio selvatico che una parola.

I suoi occhi brillavano ambrati al buio, come quelli di un animale.

E poi, all'improvviso, diventò... *un lupo!*

Un lupo nero gigantesco in piedi sulla porta della camera da letto.

25

JOHNNY

Lyssa urlò.

Oh cazzo. Le avevo fatto male. Avevo cominciato a marchiarla, nonostante l'avvertimento di Rob.

Avevo perso la testa quando lei mi aveva detto *dammelo*. Il mio lupo si era confuso e aveva pensato che intendesse rivendicarla. Non una bella scopata forte col mio cazzo perché le avevo infilato un plug nel culo.

Poi, il suo grido e l'idea che fosse ferita mi aveva fatto mutare in forma di lupo, pronto a difenderla.

Da... me stesso!

Cazzo, *cazzo*.

Feci avanti e indietro dentro e fuori dalla porta della

camera da letto. Avevo perso il controllo. Dovevo allontanarmi da lei prima di fare altri danni.

Avevo fatto un casino.

Di nuovo.

Mi ero spinto troppo oltre e adesso il mio lupo aveva voglia di attaccare qualcuno perché sentiva l'odore del sangue della nostra compagna e quello metallico della paura che emanava.

Avrei fatto meglio ad allontanarmi. A lasciare che si calmasse. A lasciare che l'odore di sangue e di sesso diminuisse. Dovevo sfogare quell'energia correndo, come mi aveva consigliato Rob prima di peggiorare la situazione.

Non avevo dato ascolto al mio alfa. Non avevo preso abbastanza sul serio i suoi avvertimenti e guarda dov'ero finito. Una compagna che sembrava terrorizzata da me. Che stava sanguinando.

Mi girai di scatto, andando a sbattere contro lo stipite della porta con i miei enormi arti posteriori mentre correvo via.

«Johnny?» La voce di Lyssa era nel panico. Ciò fece impazzire ulteriormente il mio lupo.

Cazzo, mi stava seguendo? Nuda, col mio odore addosso, la fica che gocciolava, il plug nel culo?

«Johnny, aspetta!»

Non aveva paura?

Avrebbe dovuto. Non potevo restare a spiegarle cosa

avessi fatto in quel momento. Non ero nemmeno sicuro di essere ancora in grado di mutare in forma umana. Dovevo frapporre della distanza tra noi fino a quando non avessi riacquistato un po' di autocontrollo. Corsi verso l'anta basculante nella porta della cucina e mi precipitai fuori nella notte. Corsi su per la montagna. Lontano dalla mia compagna. Per proteggerla.

Da qualche parte in lontananza, sentii l'ululato dei miei fratelli già fuori per la loro corsa con la luna piena.

Perfino da lontano, sentii la voce di Marina esclamare dalla porta d'ingresso della casa principale del ranch. «Lyssa? Sei tu?»

Sentii il rumore di passi che correvano. Quelli di Marina. Quelli di Lyssa.

Bene. Si sarebbe presa cura lei della mia compagna. Magari le avrebbe spiegato come stavano le cose. Magari le avrebbe fornito cure mediche, se ne avesse avuto bisogno. Probabilmente c'erano Audrey e sua sorella a poter dare una mano.

Quel pensiero fece ringhiare a voce alta il mio lupo. La nostra compagna era ferita. Voleva andare ad ammazzare qualcuno.

Quel qualcuno sarei stato io, però. Come avevo potuto farle del male? Spaventarla? Come era potuto succedere?

Il mio lupo era confuso.

Fuori controllo.

Corsi su per la montagna, le zampe che scivolavano sulle rocce nel tentativo di raggiungere la vetta, ma mi fermai e sollevai il muso verso a luna, ululando per via di ciò che avevo fatto.

Dovetti chiedermi se Lyssa ci sarebbe ancora stata quando la luna fosse tramontata.

EMMA

«Johnny? Johnny, torna qui!» Rimasi in piedi sulla porta del capanno, avvolta in nient'altro che un lenzuolo. L'aria era fredda, la notte sembrava viva. E... il mio ragazzo era un lupo mannaro.

Merda. PORCA PUTTANA!

Non sapevo come elaborare la rivelazione. Come riuscire anche solo a concepirla. Un attimo prima stavamo facendo del sesso spettacolare – quello dopo, mi aveva morsa!

Oddio. Ero infetta? E nel caso, di cosa? Mi sarei trasformata in una creatura pelosa con grosse zanne?

Quando mia sorella andava a fare pazzie, scommetto che non le succedeva qualcosa del genere. Oh no. Era probabile che avessi finalmente vinto il premio da sorella fuori di testa.

Mi ero scopata un lupo mannaro. Gli avevo anche detto di tornare.

Cosa avevo pensato? Non potevo restare lì. Non potevo aspettare che un lupo tornasse e... e cosa? Mi mangiasse? Mi facesse a pezzi? Mi *mordesse* di nuovo?

Portai le dita al punto in cui i suoi denti mi avevano trafitta. C'era un rivolo di sangue e pizzicava un po'.

Non potevo restare lì. Non potevo starmene da sola, per cui mi avviai su per la collina verso la casa principale. Lì avrei trovato Marina. Ci sarebbero stati anche gli altri.

Prima che potessi capire anche solo cosa dire una volta che fossi giunta lì, Marina mi chiamò. Grazie a Dio.

«Lyssa?» Stava correndo verso di me lungo il vialetto in ghiaia, seguita da Audrey, Natalie e Becky. «Stai bene? Cos'è successo?» Le donne mi circondarono, abbracciandomi mentre io tremavo.

«J-J-Johnny.» Battevo i denti.

«Che è successo?»

Sollevai una mano e mi picchiettai la spalla. Facevo fatica a riprendere fiato.

«L'ha morsa,» disse Audrey in un tono calmo, da dottore. Piegò la testa per esaminarmi la ferita sebbene fosse troppo buio perché vedesse. «Entra in casa, così che possa darci un'occhiata.»

Le quattro donne mi condussero lungo il vialetto che

conduceva alla casa. Non sembravano sorprese. Non sembravano nel panico.

«L-l-lui è...» Come avrei dovuto dirlo? Come spiegare ciò che avevo appena visto? Il fatto che il mio ragazzo si fosse trasformato in un mostro con la luna piena.

Avevo letto tutti i libri di *Harry Potter*. Sapevo come funzionava. Johnny aveva detto che c'era la luna piena e io non ci avevo fatto caso. Ma nella storia, il professor Lupin era un uomo meraviglioso che non aveva alcun controllo su ciò che diventava con la luna piena. Doveva essere ciò che stava succedendo a Johnny. Il motivo per cui a volte perdeva il controllo, come al bar la sera prima. Per cui aveva avuto paura di "esagerare" con me quella sera.

Non potevo fargliene una colpa, no?

Sapevo che Johnny non voleva fare del male a nessuno. Che teneva molto alle persone che gli stavano attorno, inclusa me.

Provavo gran compassione per la sua situazione. Doveva essere terribile soccombere a un altro lato di sé ogni volta che c'era la luna piena.

Non avevo intenzione di respingerlo per quello. Io amavo quell'uomo. Con tutti i pregi, le zanne e i difetti.

Decisamente non volevo che loro andassero a dargli la caccia. Avrei dovuto tenere la cosa per me?

«Johnny...»

«Ti ha morsa davvero?» chiese Becky. Con calma. Troppa calma.

Io la guardai con gli occhi sgranati. Come poteva essere tanto razionale? Lo sapeva?

Riportai la mano al punto sul mio collo dove il suo dente mi aveva perforata. Non sapevano che il mio piccolo taglio era dovuto a un morso. Avrei potuto tagliarmi in un sacco di modi.

Il che significava che *loro sapevano*.

«È un lupo.» La posi come un'affermazione, non una domanda.

«Sì, tesoro,» disse Becky con lo stesso tono di voce che un genitore usava quando doveva ammettere che Babbo Natale non esisteva.

Ci trovavamo alla casa del ranch, ormai, e loro mi accompagnarono di corsa in cucina. Audrey prese un pezzo di carta assorbente, lo ripiegò e me lo premette contro il collo per fermare il sanguinamento. «Prendimi il kit di pronto soccorso,» disse a Marina.

Dunque sapevano di Johnny e lo accettavano comunque. Sapevo che erano brave persone. Ero così felice che fossero dalla sua parte.

Ma, oddio, cosa significava questo per me?

«Adesso sono infetta anch'io?» squittii.

Natalie mi spinse su una sedia della cucina e prese posto su un'altra di fronte a me. Mi prese la mano che non mi teneva il lenzuolo addosso.

Il suo sguardo sostenne il mio. «Non sei infetta. Non è una malattia. Sono una specie diversa da noi.»

Io deglutii con forza, la bocca all'improvviso molto secca. «*Sono?*»

Voleva dire...

Il Wolf Ranch! Il nome stesso di quel posto ne era la prova.

«Tutti i ragazzi sono lupi mannari?»

«Mutanti lupo.» Marina arrivò col kit di pronto soccorso, che posò sul tavolo e aprì. «Non lupi mannari.»

Becky tirò fuori i dischetti di cotone imbevuti d'alcol, ne aprì uno e lo porse a Audrey.

«Qual è la differenza?» chiesi io, gli occhi che scorrevano tra loro.

«I lupi mannari non esistono. Sono robe da film horror. Tradizioni tramandate attraverso la storia da uomini che hanno visto mutanti lupo e non li hanno capiti. Ecco perché manteniamo il segreto sulla loro esistenza. Altrimenti, verrebbero cacciati e uccisi.»

Audrey mi ripulì la ferita e la esaminò, cosa che adesso mi faceva male più per l'alcol che per qualunque altra cosa. «Non è troppo profonda. E sembra che sia stato un dente solo.» Incrociò lo sguardo di sua sorella da sopra la mia testa, ma non riuscii a interpretare la sua espressione.

Non ebbi il tempo di chiedere, però, perché sentii Johnny urlare di fuori. «Lyssa? Cazzo, Lyssa?»

La porta si spalancò ed ecco il mio ragazzo – nudo dalla testa ai piedi sotto lo sguardo di tutti – gli occhi selvaggi che cercavano i miei. Era sporco, sudato e aveva un filo d'erba in testa.

«Mi dispiace così tanto, piccola.» Avanzò verso di me, inizialmente di corsa, poi si fermò a una distanza di sicurezza, come per assicurarsi che avessi spazio. «Dovevo allontanarmi, ma poi non ci sono riuscito. Dimmi di restare qui. O dimmi di scappare.»

«Copriti, Johnny.» Becky prese un canovaccio da cucina e glielo lanciò con una risata. Lui lo afferrò e se lo portò davanti all'inguine.

«Vi lasciamo un po' di spazio,» disse Marina, dandomi un colpetto sulla mano, e le donne sparirono. Non mi avrebbero lasciata se fossi stata in pericolo, no?

Io rimasi seduta, ancora sotto shock. Nel tentativo di elaborare il tutto.

Il suo sguardo mi scorse addosso, come a catalogare ogni dettaglio che vedeva. «Non intendevo morderti, piccola. Mi dispiace così tanto. È stato un incidente; ero troppo eccitato. Poi il mio lupo se l'è presa perché eri ferita, per cui sono scappato per riacquistare il controllo. Dovrei starti lontano, ma non ci riesco cazzo. Stai bene?»

Io annuii, alzandomi in piedi. Ero pazza abbastanza da ritenere che quella cosa mi stesse bene? Qualunque *cosa* fosse? Ero io, Emma, che volevo Johnny o era il mio folle lato da Lyssa? Lyssa avrebbe voluto un mutante? Un uomo nudo che si trasformava in un lupo e correva con la luna piena?

Io l'avrei voluto. Lo volevo.

«Sto bene.»

«Grazie al cielo.» Johnny corse in avanti per poi fermarsi di nuovo. «Posso toccarti? Posso prenderti in braccio?»

Adoravo il fatto che mi stesse chiedendo il permesso. Che si stesse prendendo cura di me, anche proteggendomi da se stesso.

Ero così confusa. Così sopraffatta. Eppure, senza pensare, gli gettai le braccia attorno al collo sudato. «Prendimi in braccio,» dissi.

Lui mi tirò su, lenzuolo e tutto il resto, e mi riportò in direzione del capanno, la zanzariera che si chiuse sbattendo alle nostre spalle. «Stai bene? Non hai paura di me?» Aveva la fronte aggrottata e camminava rapidamente, come se vedesse l'ora di riportarmi al sicuro nel nostro letto.

«Sto... sto bene,» dissi di nuovo.

«No, non è vero.» Sembrava così turbato. «Lyssa, non è mai stata mia intenzione farti del male. È solo che... mordere è una cosa che i lupi fanno con le loro compagne. Ma tu sei umana, per cui, ovviamente, non lo sapevi. Non guarisci in fretta come farebbe una lupa, per cui ti ha fatto male e c'è ancora un taglietto. Mi dispiace così tanto. Rob mi aveva avvertito di non stare con te stanotte con la luna piena, ma io non riuscivo a sopportare l'idea di starti lontano. Ho rovinato tutto. Di nuovo.»

Io appoggiai la testa alla sua. «Davvero. Sto bene. È stata una sorpresa e troppo da assimilare. Allora, ti trasformi *davvero* in un lupo con la luna piena?» Avevo così tante domande. «Hanno detto che non sei un lupo mannaro, ma un mutante lupo.»

Non aveva nemmeno il fiato corto mentre mi trasportava. «Esatto. La luna ha effetto su di noi, quello è certo. Tira fuori il nostro lato da lupo. Di solito corriamo in branco per sfogarci. Stanotte ho cercato di saltare la corsa per stare con te, ma è stato un errore.» Il suo sguardo celava un oceano di dolore.

Io gli baciai la tempia. «Sto bene,» ripetei dolcemente. «Stiamo bene.»

Il suo sguardo scattò nel mio. Eravamo tornati al capanno e adesso ci trovavamo nella camera da letto e lui mi adagiò al centro del letto. «Stiamo?» Nei suoi occhi brillava la speranza.

Io annuii. «Stiamo bene,» mormorai.

Johnny si lasciò cadere accanto a me con sollievo. «Oh, piccola.» Mi avvolse tra le braccia. «È la notizia migliore che abbia mai sentito.»

Giuro che per un istante pensai che quel grosso cowboy forte – quel mutante lupo – si sarebbe messo a piangere. Lo strinsi anch'io tra le braccia.

«Stiamo bene,» ripetei una terza volta, chiudendo gli occhi e ascoltando i grilli che frinivano e i lontani nitriti leggeri dei cavalli nella stalla.

Il suono dei nostri respiri che si mescolavano.

Il mio cuore e il suo che battevano all'unisono.

Forse ero ancora più pazza di Lyssa.

27

JOHNNY

CHI AVEVA bisogno di una coperta con la propria compagna sdraiata su di sé? Non io. In qualche modo, durante la notte, si era girata verso di me e io dovevo averla tirata su. Aveva la testa sul mio petto, una delle sue gambe infilata in mezzo alle mie. La sua fica era premuta contro la mia coscia nuda.

Mi ero addormentato con lei che mi tranquillizzava. Le carezze delle sue dita, il battito rassicurante del suo cuore, le sue parole. Ora l'avrei tranquillizzata io, l'avrei abbracciata e le avrei permesso di continuare a dormire nella mia stretta. Una mano le scivolava su e giù lungo la schiena, l'altra giocava con le lunghe ciocche dei suoi capelli.

Lei era al sicuro. Mi amava. Inspirai il suo odore. Sì – eccolo – il mio odore era mischiato al suo, adesso.

Il graffio che le avevo lasciato la sera prima era bastato a marchiarla.

Era la mia compagna marchiata.

Merda. Non era stata mia intenzione farlo.

Avrebbe dovuto essere perfetto, il legame che avevamo ora. Soprattutto visto che adesso lei sapeva che fossi un mutante. Non fosse che non lo era.

Abbassai lo sguardo e intercettai il graffio sul suo collo. La piccola crosticina. L'avevo marchiata senza il suo consenso. Senza che sapesse cosa significava avere il mio marchio addosso. Diamine, non sapeva nemmeno che fossi un mutante, all'epoca.

Dovevo spiegarle tutto, ma lei era pronta a sentire che l'avevo marchiata a vita? Che il mio lupo l'aveva rivendicata e che non l'avrebbe più lasciata andare?

Era umana. Non avrebbe compreso quanto era profondo il legame tra di noi. Per lei, se non fosse stata pronta a impegnarsi con me per sempre, avrebbe potuto sembrare soffocante.

Lyssa si mosse tra le mie braccia e tirò su col naso.

Io mi immobilizzai.

«Buongiorno,» mormorò, poi si immobilizzò.

Cazzo. La pace e la calma che avrebbero dovuto essere la nostra nuova esistenza erano svanite.

Si ricordava.

Non le permisi di alzarsi, non che lei stesse cercando di muoversi. Le mie mani ripresero ad accarezzarla.

«Buongiorno, piccola.»

«Ieri sera è stata... uhm, folle.» Sfregò la guancia contro il mio petto nudo.

Il mio cazzo si destò perché lei era cosciente, ma io lo ignorai. Non era il momento di scopare. Be', era sempre il momento di scoparmi la mia compagna, e specialmente ora che era marchiata, ma c'erano cose di cui dovevamo parlare, prima.

«Hai delle domande,» presunsi.

Lei cercò di alzarsi a sedere, ma io avevo paura che se ne sarebbe andata, per cui me la feci scivolare giù di dosso e la spostai così che fossimo entrambi su un fianco a guardarci. Abbassando una mano, afferrai il lenzuolo e ce lo tirai addosso.

Lei aveva ancora gli occhi assonnati, ma erano luminosi quando incrociarono i miei.

«Quindi sei un *lupo*.»

«Già.»

«Sei nato così?»

«È l'unico modo,» replicai. «I miei genitori sono mutanti in un branco del Nebraska. Ti ho accennato a mia sorella. Chiaramente anche lei lo è. E i suoi cuccioli.»

«Cuccioli?»

«Figli.»

«E il tipo che l'ha aggredita?»

Annuii.

«E tutti qui al Wolf Ranch?»

«I ragazzi. E Willow. Le altre donne sono umane come te.»

«Sì, l'avevo intuito.» Si leccò le labbra e deglutì. «Avevi intenzione di dirmelo?»

Io sospirai, allungai una mano e le accarezzai i capelli. Non riuscii a resistere. «Sì. Mi dispiace, ma avevo intenzione di aspettare fino a... fino al momento giusto.» La spinsi sulla schiena e le salii addosso, il mio corpo premuto contro il suo. «Ogni momento era giusto perché, cazzo, piccola, il legame tra noi è perfetto. Ma come dici a qualcuno una cosa così grossa? Come ti tiri fuori dall'aver mantenuto un segreto così enorme?»

Lei distolse lo sguardo e si morse un labbro.

«È proibito agli umani essere a conoscenza della nostra specie.»

«Non lo dirò a nessuno.»

«Grazie.» Le accarezzai la schiena nuda col palmo. «Hai paura di me? Sei spaventata?»

Lei scosse la testa. «Ieri sera ho detto che stiamo bene. Lo credo ancora.»

Io espirai e chiusi gli occhi per un istante, incredibilmente sollevato dal fatto che non avesse cambiato idea. Avrei dovuto raccontarle che era la mia compagna a vita adesso che l'avevo marchiata? Del fatto che io fossi un sicario?

Volevo vuotare il sacco su tutto. Era giunto il momento.

«Ho molte cose da spiegare.»

Mi rivolse un sorriso. «Ah, sì.»

Ciò mi fece ridacchiare e mi chinai a baciarla. «Lavoro al Wolf Ranch. Sono uno dei dipendenti del ranch. Quello lo sai. Vivo in questo capanno. Sono davvero venuto qui quando avevo diciott'anni, come ho detto. Sono anche un sicario.»

Lei sbatté le palpebre. «Tipo la mafia?»

«Un po'. Tipo un rappresentante del Consiglio dei Mutanti che fa giustizia.»

«Non so cosa significhi.»

«Il Consiglio dei Mutanti è un gruppo di giudici mutanti lupo. Vengono sottoposte loro le trasgressioni e loro emettono sentenze nei confronti dei mutanti che le hanno compiute.»

«Perché la gente che commette certi errori non può semplicemente finire in galera?»

«Perché i mutanti potrebbero evadere con facilità. Abbiamo una forza sovrumana. Una cella non riuscirebbe a contenere un mutante; e poi, se uno evadesse, il nostro segreto verrebbe rivelato. Gli umani non possono sapere di noi.»

«Dunque che genere di sentenze emana il Consiglio? Tipo far sì che tu, in quanto sicario, li pesti a sangue? Gli spacchi le rotule?» La sua espressione di disprezzo mi fece rigirare lo stomaco.

Il cuore mi batteva forte nel petto. L'avrei persa per quella cosa. Proprio come avevo perso il mio branco e la mia famiglia.

Forse avrei dovuto aspettare a dirglielo. Ma no, meglio scoprire subito che non potesse funzionare piuttosto che dopo.

«È, ah... di solito una roba da pena capitale.»

Lyssa trasalì. «Quindi un sicario è un boia?» sussurrò quell'ultima parola.

Io non distolsi lo sguardo. Mi si strinse la gola mentre mi preparavo alla sua reazione. «Sì. Sono stato scelto per via di ciò che ho fatto all'aggressore di Simi. A ciò che ho dentro. E... è il motivo per cui mi trovavo al ranch di Chapman.»

La sua espressione si fece confusa, poi si rabbuiò quando comprese. «Eri venuto per ucciderlo.»

«No. Per accompagnarlo a un processo del Consiglio. Mitch Chapman sta trafficando femmine mutanti. Le attira per poi venderle.»

«Oddio. È un mutante anche lui?» Spalancò gli occhi e sembrò davvero spaventata.

«Sì. Tu sei al sicuro, piccola.»

28

EMMA

MITCH CHAPMAN ERA UN MUTANTE? Un tipo che rapiva e trafficava donne? Cristo, in cosa si era cacciata Lyssa?

Era troppo da assimilare. Prima scoprire che Johnny era un lupo. Poi scoprire che era un sicario. Dunque Johnny era una specie di cacciatore di taglie? Uno che dava la caccia ai mutanti cattivi, li catturava e, una volta condannati, li uccideva invece di consegnarli alla polizia affinché venissero messi in galera?

«Aspetta.» Gli posai una mano sul petto. Qualcosa di gelido mi si era insinuato nel petto. Lo aveva irrigidito. Mi aveva mozzato il fiato. Cercai di identificare la fonte di quel disagio. Mi tirai su, i capelli lunghi che mi scivolavano sulle spalle.

Sapevo che Johnny aveva dei problemi a gestire la rabbia. L'avevo visto di persona da Cody. Mi aveva raccontato di aver ucciso l'aggressore di sua sorella. Lo sapevo, me l'aveva detto nella sua auto quella sera e io gli avevo confessato di amarlo.

Era vero. Non sembrava importarmi che uccidesse persone per vivere né che fosse un lupo.

Però c'era qualcosa che non mi stava bene in quella storia.

Poi compresi. Mi sembrava un tradimento. «Dunque per tutto questo tempo stavi lavorando a un caso?»

Ciò che mi stava facendo dare di matto era che mi avesse usata. Che io mi trovassi lì nel suo letto perché stava aspettando che avessi notizie di Chapman. Che lo aiutassi a trovare quell'uomo. No, mi aveva usata per aiutare se stesso. Aveva voluto che lo chiamassi e io avevo finto di farlo.

Johnny aggrottò la fronte confuso. «Be', sì. Che cosa intendi?»

«Intendo che io ero parte dell'incarico. Tutto questo è successo solo per arrivare a Mitch?»

Lui sgranò gli occhi comprensivo. «No, no, no, piccola. Non era così.»

«Se fosse stato al suo ranch, l'avresti ucciso?» gli chiesi.

«Solo se avesse opposto resistenza. Avevamo mandato sicari in giro per il Paese a far visita alle sue varie case e aziende per trovarlo. Se fosse stato al suo ranch, l'avrei accompagnato al suo processo al Consiglio.»

Visto? Non mi importava davvero di quello. Però stavo andando in crisi perché avevo pensato che quella cosa fosse reale. Che ciò che c'era tra noi, ciò che condividevamo, fosse effettivamente *qualcosa*.

Incrociai i suoi occhi scuri. «Appena dopo che è scattato l'allarme antincendio, mi hai chiesto se era al ranch. Io ti ho detto di no.»

Lui annuì, rivolgendomi un sorriso rassicurante. «Esatto. Vedi, eri al sicuro.»

Al sicuro? Forse dal farmi vendere. Ma il mio cuore?

«Mi hai sedotta per starmi vicino. Per tenere d'occhio Chapman. Mi stavi usando.» Mi passai una mano sul corpo. «Ecco perché hai tenuto tutto quanto segreto. Perché non mi hai detto dei mutanti. Sei stato costretto a dirmi di loro, di ciò che sei, solo perché mi hai morsa.»

Lui spalancò gli occhi con crescente terrore. Già, avevo capito.

«No. Piccola, no.»

Io non ascoltai. Non volevo sentire nient'altro di ciò che aveva da dire.

«Ecco perché sei rimasto quella notte, nella speranza che sarebbe tornato. Per spassartela un po' con la custode mentre aspettavi.»

«Lys,» mi avvertì.

Io gli puntai un dito contro. «Non chiamarmi Lys.» Perché io non ero Lyssa. Non lo ero mai stata. Come faceva lei a fare certe cose? Ad andare a spassarsela con un tipo senza coinvolgere il proprio cuore? Dio, io gli avevo detto di amarlo!

Se fossi stata come Lyssa, brava a mantenere le cose divertenti e facili, allora tutto quello non avrebbe avuto importanza. E se anche mi avesse usata per arrivare a Chapman? Io lo stavo usando per qualcosa di selvaggio e divertente.

Ma stupida me, stupida Emma, per aver coinvolto il mio cuore. Ed essermelo fatto spezzare.

Perché per tutto quel tempo lui mi aveva rifilato frasi come il fatto che fossi quella giusta, che fossi sua, mentre mi dava tutti quegli orgasmi, ma in realtà mi stava usando. Mi teneva buona per avere informazioni. Pensando che io fossi in realtà Lyssa e sfruttando i miei contatti per arrivare all'uomo che voleva. Tenendomi vicina a sé come sua "fonte".

Non aveva ricambiato quando gli avevo detto di amarlo.

«Mi hai usata.»

«Cosa? No.»

«Volevi altro su Mitch Chapman. Ecco perché mi hai chiesto di lui mentre mi trovavo qui.»

«Be', sì, dobbiamo trovarlo. Sta trafficando femmine di mutante, piccola.»

«Si è trattato solo di questo, di tenerti vicina la stupida umana, così che potessi condurti al tuo... obiettivo. Il tuo bersaglio. Come diavolo lo chiami.»

Balzai in piedi. Iniziai a fare avanti e indietro. Quando mi resi conto di essere nuda, mi fermai e cominciai a indossare gli abiti che erano stati gettati a terra la sera prima. «Io facevo parte del tuo lavoro. Questo...» agitai una mano intorno alla stanza mentre i miei capelli svolazzavano di qua e di là, «...era il tuo lavoro.»

Lui assottigliò lo sguardo. «Tu non sei nel mio letto per via del mio lavoro,» disse con voce profonda-

«Mi trovo qui al Wolf Ranch per quello. Ti sei infilato nel mio letto nell'altro ranch perché ero solo un lavoro per te.»

Le lacrime cominciarono a scorrermi in viso.

«Pensavo... pensavo... sono stata *così* stupida!»

Scappai.

«Lyssa, piccola, aspetta!»

Mi rincorse. Ovvio che l'avrebbe fatto. Era ciò che facevano i lupi.

Io non avevo con me il borsone. Non mi importava dei miei abiti. Ma la mia borsetta era sul tavolino accanto all'ingresso assieme alle chiavi di Johnny. Presi entrambi e corsi fuori.

Scalza. Senza reggiseno.

Mi precipitai verso la sua auto e vi salii. Avviai il motore. Merda, il sedile era troppo indietro!

«Lys. Fermati. Aspetta!»

Scossi la testa. Col culo sul bordo del sedile, misi la prima e partii, le gomme che sollevavano polvere.

Niente di tutto quello era reale. Si era trattato di un

gioco divertente. Una storiella mentre aspettava che il mio capo mi contattasse. No, non il mio capo. Quello di Lyssa. E non mi avrebbe mai contattata perché io non ero Lyssa.

Io ero Emma. Quella che nessuno voleva amare.

29

JOHNNY

Guardai Lyssa percorrere in fretta il vialetto.

«Lyssa!» urlai, ma era inutile. «Ma che cazzo?»

Cos'era successo? Dovevo raggiungerla e scoprirlo. Corsi verso il fienile, l'edificio più vicino. A quell'ora la mattina... sì! C'era il pickup di Boyd.

Corsi dentro.

«Mi servono le tue chiavi.»

Boyd era accanto alla porta del box di Chestnut e si voltò quando mi avvicinai. Spalancò gli occhi e si allertò.

«Che diavolo? Che succede? Sei mutato?»

Io ero agitato, pronto a infilargli una mano nella tasca dei jeans alla ricerca delle sue cazzo di chiavi.

«Lyssa se n'è andata. Abbiamo litigato. È fuori di sé e si è allontanata in macchina.»

«Non è in pericolo?»

Scossi la testa. «No. Dammi le tue chiavi.»

«Amico, sei nudo.»

Fu allora che abbassai lo sguardo sul mio corpo. «CAZZO!» gridai, agitando i cavalli.

Lui mi prese per le spalle e mi trascinò fuori dal fienile diretto al capanno.

«Raccontami che cazzo sta succedendo.» Il suo atteggiamento, solitamente scherzoso, era serissimo.

Mi passai una mano tra i capelli. «Ci siamo svegliati e le ho detto di essere un sicario.»

«Cazzo. È una cosa grossa da comunicare a un'umana. Potrebbe sopraffarla.»

«Sapeva quello che avevo fatto al tipo che aveva ferito mia sorella e le stava bene. È stato quando le ho detto di stare dando la caccia al suo capo, Chapman, che se l'è presa.»

«Chapman è il tipo che stai cercando?»

Annuii.

Lui mi spinse nella stanza principale del capanno, la porta d'ingresso spalancata. «Va' a metterti qualcosa addosso.»

«Mi serve la tua auto per inseguirla.»

«No, senza dei cazzo di pantaloni non te la do.»

Io mi precipitai sbuffando nella mia camera da letto che sapeva ancora di Lyssa e mi infilai un paio di jeans.

Uscii mentre mi abbottonavo una camicia di flanella sul petto.

«Dammi le tue chiavi.»

Lui scosse la testa. «Dove hai intenzione di cercarla?» insistette. «Le donne hanno bisogno di tempo per sbollire.»

Io ringhiai.

«Non è una mutante, Johnny. Allontanarsi in auto è come farsi una corsa per noi. Tornerà.»

Io mi passai una mano tra i capelli. «È la mia compagna. La mia compagna marchiata.»

Lui ghignò. «Già, congratulazioni.»

Lo fulminai con lo sguardo. Niente congratulazioni perché lei non c'era, cazzo. «Non sono nemmeno riuscito a dirle cosa significhi essere marchiata. È là fuori...» indicai la porta d'ingresso, «...a pensare che io l'abbia usata.»

«L'hai fatto?»

Agitai le braccia per aria. «No! Ho sentito il suo odore e non c'è stato modo di tornare indietro.»

«Ma stai ancora cercando Chapman.»

«Sì, certo.»

«Fammi indovinare, mio fratello ti ha detto di spremerla per ottenere informazioni.»

Sgranai gli occhi. «Sì.»

Lui sospirò. «Fino a quando non avrà sbollito, amico, sei fottuto.»

30

EMMA

GUIDAI FINO a fuori Cooper Valley e parcheggiai su una piazzola panoramica a bordo strada.

Per fortuna, il mio cellulare era nella borsa quando ero fuggita.

Mi sfregai il viso, asciugandomi le lacrime. Tirai su col naso.

Chiamai Lyssa.

«Emmie!»

Il suono della voce di mia sorella mi fece riempire di nuovo gli occhi di lacrime.

«Dove sei?» le chiesi.

«Di nuovo al ranch. Tu dove sei? Pensavo saresti rimasta per un po'.»

«C'è Mitch Chapman?» chiesi subito. Se Johnny aveva detto che era un uomo... un mutante pericoloso, allora gli credevo.

«Cosa? No. Sono tornata da Ibiza ieri sera.»

«Il sultano è con te?» domandai. Non avevo intenzione di mettermi tra lei e il suo uomo.

«Raj? No, sciocchina, ci siamo divertiti un po' e lui è diretto a una mostra di cavalli a Dubai o qualcosa del genere.»

Giusto. Raj era stato il suo assaggio della settimana e si era già stufata di quel gusto.

«Quindi non c'è nessuno lì con te?»

«Tutto tace. A parte che potremmo mangiarci dell'impasto per biscotti al cioccolato e parlare di ragazzi se tu fossi qui.»

Mi sembrava ottimo. Mi mancava tantissimo la mia gemella. Specie ora, dopo averla interpretata negli ultimi giorni.

«Non ti ha chiamata?» chiesi io, preoccupata.

«Mitch? Perché avrebbe dovuto?»

«Perché sei la sua custode.»

«Di questo posto nel *Montana*,» disse lei, il tono di voce che mi lasciava intendere che fossi una sciocca. «Una delle sue tante proprietà. Probabilmente non si ricorda nemmeno di averne una qui. Non sono tutti così?»

Dovevo ancora incontrare uno dei suoi ricchi datori di lavoro.

«Che succede?» mi chiese lei.

«Io... arrivo tra un paio d'ore e ti racconto tutto.»

Lei squittì col suo solito entusiasmo brioso. «Bene. Non vedo l'ora di vederti. Non crederai a cosa abbiamo fatto io e il sultano sul suo jet privato.»

La cosa mi fece sorridere, proprio ciò che riusciva sempre a fare lei. Lyssa, quella spensierata. Quella che conosceva un sultano di un qualche paese lontano di cui non avevo mai sentito parlare, andava a Ibiza e faceva qualcosa di molto sconcio sul suo jet privato. Jet *privato*. E se la rideva al riguardo.

E poi c'ero io. Che cercavo di essere proprio come lei e abbandonavo la situazione in un'auto rubata con un cuore infranto e senza reggiseno.

31

JOHNNY

Troppo agitato per fare qualunque altra cosa, mutai in forma di lupo e corsi. 'Fanculo!

Cazzo, cazzo, cazzissimo.

Non avrei potuto rovinare le cose più di così.

Lyssa pensava che l'avessi usata. Che non valesse nulla per me. Capivo perché lo credeva. Non fosse che... non sapeva – ciò che avrei dovuto dirle come prima cosa, diamine – di essere la mia compagna.

Il Destino ci aveva accoppiati. Avremmo potuto incontrarci ovunque, in qualunque circostanza, e nulla mi avrebbe impedito di sedurla. Era destinata a me a prescindere da cosa stesse accadendo attorno a noi.

Se una femmina diversa avesse aperto quella porta al

ranch, non l'avrei sedotta e non me la sarei portata a casa con me.

Dovevo spiegarlo a Lyssa. O meglio ancora – poiché le parole erano inutili – dimostrarglielo in qualche modo.

Ma come?

Corsi fino a quando le zampe non iniziarono a sanguinare, e tornai al ranch solo nella speranza che Lyssa fosse lì.

Non c'era.

Cazzo! Mutai in forma umana e presi a fare avanti e indietro nel capanno, ancora nudo.

L'avrei chiamata, ma non avevo nemmeno il numero di telefono della mia stessa compagna. Avevamo scopato subito ed eravamo stati insieme ogni istante da allora, per cui non c'era stato bisogno di segnarmi il suo numero.

Quanto cazzo ero stupido?

Magari l'hacker in Arizona ce l'aveva. Già, quella era una pista che potevo seguire. Mi infilai un paio di jeans e corsi verso la casa del ranch.

«Rob!» Battei alla porta laterale ed entrai in cucina.

«È nell'ufficio,» mi disse Willow da dov'era seduta al tavolo della cucina. «Come sono andate le cose con Lys...»

Io la interruppi scuotendo la testa.

«Oh. Mi spiace.»

«Rob!» Feci irruzione dalla porta dell'ufficio del mio

alfa. Di solito avrei mostrato più rispetto, ma ero fuori di testa, troppo agitato per ricordarmi le buone maniere.

«Mi serve...»

Rob era al telefono. Sollevò una mano per zittirmi. «Ricevuto. Johnny si recherà al ranch adesso. Sì.»

Recarmi al ranch adesso.

Cazzo! Voleva dire che Chapman era tornato.

E se la mia compagna fosse stata lì?

Fui percorso così intensamente dal timore per la mia compagna che mutai quasi sul posto per difenderla. L'idea che potesse essere sola con quel predatore mi faceva venire voglia di fare a pezzi la stanza.

Rob riagganciò e io lo fissai, preparandomi per le brutte notizie. «Ci è giunta voce che Chapman sia diretto al suo ranch. I sicari del branco dei Due Segni sono in macchina per incontrarti lì, così che tu non sia da solo quando lo abbatterai. Voglio che aspetti fino a quando non saranno con te prima di fare qualsiasi mossa.»

«Mi serve il numero di Lyssa,» sbottai io.

Rob si accigliò. «Hai sentito quello che ho appena detto? È arrivato il momento di darci da fare con Chapman.»

«Sì, e credo che la mia compagna possa già essere diretta lì. Forse è perfino già arrivata. Sono passate alcune ore da quando è partita in macchina, dando di matto perché le ho detto di essere un sicario e di aver cercato di catturare il suo capo.» Gli rivolsi un'occhiata che per certi versi voleva dire che era colpa sua se avevo dovuto ammettere la verità. In realtà ricadeva tutto su di me, però. Avevo rovinato tutto. L'avevo spaventata. Le avevo fatto dubitare talmente tanto di se stessa e di ciò che condividevamo.

Dovevo sistemare quello prima ancora di Chapman.

Rob sbuffò.

«Alfa, devo avvertirla,» ringhiai, nel tentativo infruttuoso di mantenere un tono corretto. «Ce l'ha a morte con me. Non ha altro posto dove andare in tutta lo Stato. Boyd pensa che stia solo cercando di sbollire prima di tornare, ma se fosse la tua compagna quella diretta verso il pericolo, riusciresti a startene seduto ad aspettare?»

«Diavolo, no.»

«Puoi ottenere il suo numero di telefono da quell'-hacker in Arizona? Non so nemmeno come avvertirla. Se è lì che è diretta.»

Il suo volto assunse un'espressione di cupa determinazione. «Sì. L'otterrò. Tu mettiti in marcia e ti manderò quell'informazione assieme al contatto dei sicari dei Due Segni.»

Ero già fuori dalla porta prima che avesse finito la frase. Ora dovevo prendere le chiavi a Boyd e tirare fuori da un probabile pericolo la mia compagna.

Tieni duro, Lyssa. Sto arrivando.

E niente mi impedirà di dimostrarti cosa significhi per me.

32

EMMA

Cominciai a piangere nell'istante in cui aprii la portiera dell'auto.

«Oh no! Che succede?» Lei mi strinse in un abbraccio. «Dov'è il cowboy figo? L'hai scaricato?»

Non riuscivo nemmeno a parlare, ero troppo scossa dai singhiozzi. Ero sollevata di stare con Lyssa, qualcuno che conosceva la vera me. Che mi voleva bene per chi ero davvero. Tuttavia avevo il cuore lacerato. E morivo dalla voglia di Johnny. Mi mancava da morire, come se allontanarmi in auto avesse strappato qualcosa dentro di me.

Eppure, lui mi aveva usata. Peggio, avevo permesso che il mio cuore venisse coinvolto.

Non ero certa se avercela con lui o con me stessa.

«Vieni dentro.» Lyssa mi trascinò verso la porta d'ingresso. «Prima di inzupparci.»

Corremmo in casa abbracciate, le mie lacrime si mescolarono alla pioggia.

«Ecco, vieni qui accanto al fuoco.» Lyssa mi sistemò di fronte all'enorme caminetto e premette un pulsante per accendere le fiamme. Era il caminetto del piccolo salottino, non l'enorme pezzo a legna della sala principale. Quello con una canna fumaria in pietra di fiume alta due piani. Lei mi avvolse in una coperta. «Vado a prepararci del tè, dopodiché potrai raccontarmi tutto quello che è successo con il cowboy figo e dirmi se devo dargli la caccia e ucciderlo o meno.»

Nel sentir accennare a Johnny – il mio cowboy *lupo* figo – il mio cuore si infranse nuovamente. Dio, mi mancava così tanto. Il dolore di essere stata usata mi riempiva di vergogna e umiliazione.

Il cellulare mi vibrò nella borsa e io lanciai un'occhiata al numero, ma non lo riconobbi, per cui lo spensi. Mi serviva del tempo senza interruzioni con mia sorella in quel momento. Avrebbe potuto trattarsi di Stan al suo nuovo posto di lavoro e lui era l'ultima persona che volessi sentire in quel momento.

«Allora, che è successo?» mi chiese Lyssa, tornando con due tazze di tè alla menta piperita. Si accoccolò accanto a me sul divano, appoggiando una spalla alla mia per solidarietà.

Io mi asciugai il viso, dopodiché bevvi un sorso di tè.

«Oddio, è una storia folle. Così folle che non ci crederai nemmeno tu.»

«L'ultima volta che ci siamo sentite voi due stavate per inaugurare quella scatola di sex toy.» Ridacchiò e agitò le sopracciglia.

Al ricordo di quella notte eccitante mi si contorse lo stomaco. Ecco a cosa stavo rinunciando... l'amante più incredibile che avessi mai avuto. «Già.» Tirai su col naso. «È stato fantastico. È stato davvero fantastico fino a stamattina.»

«Che è successo?»

«A quanto pare, mi stava solo usando per arrivare a Mitch Chapman.»

Lyssa aggrottò la fronte confusa. «Cosa?»

Io bevvi un altro sorso di tè caldo. Mi aiutava a calmarmi, così da riuscire a riflettere. C'erano così tante cose da dirle. «Okay, allora, ciò che non ti ho detto è che... stavo fingendo di essere te.»

Distolsi lo sguardo, imbarazzata.

«Cosa vuoi dire?»

«Voglio dire che quando ho risposto alla porta e mi sono trovata davanti un cowboy figo che flirtava con me, ho voluto sentirmi selvaggia e spericolata. Ho voluto essere più come te e correre dei rischi e fare sesso con chiunque volessi. Per cui ho detto di essere te.»

Lyssa mi fissò confusa. «Quello che dici non ha senso.»

«Ho detto di essere Lyssa, la custode del ranch. Non Emma.»

«Ohhhh. Capisco. Come a precalcolo. E lui era interessato a te solo perché cercava di ottenere accesso al mio capo, è così? Dunque ti stava sfruttando?»

Mi salì un altro singhiozzo nel petto e lo tirai fuori. «Sì.»

Lei mi gettò un braccio attorno alle spalle e mi diede delle pacche sulla schiena. «E allora? Anche tu lo stavi usando, no? Volevi cavalcarti un cowboy sexy e l'hai fatto. Ne avete ricavato entrambi qualcosa.»

Ovviamente Lyssa la considerava una transazione. Ovviamente lei non si innamorava. Non del sultano che se l'era portata dall'altra parte del mondo per una vacanza sulla spiaggia. Era tornata col cuore intatto e una bella abbronzatura. Ero io la sfigata che ci restava male.

«Senti. Solo perché ti ha vista come punto di accesso a Mitch non significa che non provasse qualcosa per te. Ci sono sempre delle cose che fanno sembrare la gente super interessante. Tu hai adorato l'aria da cowboy con quel corpo sexy. Lui era interessato a te e tu avevi il beneficio aggiunto di essere un modo per arrivare a Mitch.» Fece spallucce. «Ciò che voglio dire è che non significa che tu gli piacessi *di meno* per quello.»

Riflettei sulle sue parole per poi tornare ad accasciarmi sul divano morbido. «Forse, ma non conosceva nemmeno la vera me. Io stavo fingendo di essere te.»

Lyssa aggrottò di nuovo la fronte, confusa. «Cosa vuoi dire?»

«Voglio dire che ho dovuto incarnare te. Continuavo a pensare, cosa farebbe Lyssa? E poi agivo di conseguenza.»

Lyssa spalancò gli occhi, dopodiché rise. «Cosa? Mi prendi in giro? Perché vorresti fingere di essere me? Fammi un esempio.»

«Tipo farmela con lui dieci minuti dopo averlo conosciuto. E poi andarmene con lui al suo ranch. Fare il bagno nuda. Andare a cavallo. Salire su un toro meccanico. Giocare coi sex toy.»

L'espressione di Lyssa si addolcì. «Wow, sei stata impegnata! Sono così lusingata di aver potuto essere la tua ispirazione nell'aver corso dei rischi in una relazione. Ma Cristo, Em, io sono la gemella incasinata.» Si portò una mano al petto. «Io sono quella che non è riuscita a finire il college, o a tenersi un lavoro fisso, o a essere considerata affidabile per qualunque cosa. Sei *tu* quella che *io* incarno quando cerco di prendere delle decisioni decenti e responsabili che riguardano la mia vita.»

Emisi una risatina densa di lacrime. Non riuscivo a credere alle sue parole. «Io? Perché dovresti? I tuoi lavori hanno una paga decisamente migliore e sono molto più entusiasmanti. Senza un capo stronzo come Stan.»

«E finiscono sempre male.»

«Già, a proposito...» Mi asciugai le lacrime con la punta delle dita. «A quanto pare Mitch Chapman è un lupo e un trafficante d'essere umani. Cioè, un trafficante di mutanti.»

Lyssa sbatté le palpebre. Mi fissò per diversi istanti. «Scusa?»

Io agitai le dita per aria. «È questa la parte più folle della storia. A quanto pare Cowboy Figo – si chiama Johnny – in realtà è un lupo. Non è un lupo mannaro, ma appartiene a una specie diversa che può mutare dalla forma umana a quella di lupo. E Mitch è uno di loro, ma è un supercattivo.»

«Uhm. Okay, quella è una follia. Ti sei anche fatta qualche droga mentre incarnavi me?»

Io scossi la testa. «No, idiota. Devi licenziarti.» Mi guardai attorno in quella meravigliosa mega villa. «Dovremmo andarcene prima che ritorni.»

«Vende donne?»

Annuii.

«Cazzo. Dove dovremmo andare? Il sultano è fuori questione. Hai ancora il tuo appartamento a Los Angeles?»

«Sì.» L'idea di tornare a Los Angeles mi pesava nel petto. «E Stan mi ha offerto una nuova posizione per il triplo di quello che guadagnavo prima.»

Lyssa mi guardava dubbiosa. «Sei sicura di voler tornare a lavorare per quello stronzo?»

«Be', una di noi avrà bisogno di un lavoro pagato mentre cerchiamo di capire quale sarà la nostra prossima mossa,» risposi cupa.

Lei si illuminò, anche se le cose erano tutto meno che allegre. «Visto? Ecco di nuovo la signorina Responsabile. È quella che cerco sempre di essere, ma non ci riesco mai davvero.»

Io risi. «Non dovresti. È terribilmente noiosa e non si diverte mai.»

«Credo tu abbia accennato a un toro meccanico? A me sembra un sacco divertente. Ricorda, però, la signorina Selvaggia e Spericolata qui presente è tutto divertimento e zero sostanza. Non ho concluso nulla nella mia vita. Credo di avere duecento dollari in banca.»

«Hai vissuto anni di avventure!»

«Ma non sono nulla sulla carta.» Scosse la testa. «Nessuna laurea al college. Nessuna vera esperienza lavorativa. Mi invento i curriculum così che si adattino ai lavori che cerco.»

«A chi importa della carta? Ciò che importa è il cuore.» Mentre lo dicevo, mi resi conto di quanto fosse pesante il mio.

Lyssa mi scrutò come se avesse percepito il cambiamento in me. La sua voce si addolcì e mi prese per mano. «Che cosa vuole il tuo cuore, Emmie?»

Io cacciai indietro le lacrime. «Il mio cuore vuole Johnny.»

Mentre lo dicevo, fui travolta dai ricordi di tutta la tenerezza che mi aveva dimostrato, di tutte le sue attenzioni e le sue premure. Il modo in cui mi aveva stretta quella mattina. Il suo terrore per avermi morsa la sera prima. La maniera in cui mi aveva portata fuori dal saloon in braccio, soffrendo al pensiero di ciò che avrei pensato di lui per il fatto che avesse scatenato una rissa.

Non si era trattato solo di sesso eccitante. Ciò che avevamo avuto era stato reale. Ma io avevo permesso alle mie insicurezze di farmi credere il contrario.

Se Lyssa ogni tanto provava a essere me, allora forse non facevo sempre la cosa sbagliata.

Con Johnny, avevo avuto una reazione esagerata.

Lyssa mi tirò fuori il cellulare dalla borsetta e me lo porse. «Chiamalo.»

Io emisi una risatina cupa. «Non ho nemmeno il suo numero. Gli ho rubato l'auto, però, per cui immagino che potrei tornare indietro con quella.»

Lei annuì. «Sì, torna da lui. Cioè, mi dispiace perché avrei voluto mangiare impasto per biscotti e guardare un po' di *Gilmore Girls* con te, ma dovresti andare.»

Poi mi ricordai dell'intera situazione.

«No, devi venire anche tu.» Balzai in piedi. Se davvero Johnny faceva tanto sul serio riguardo a Mitch, allora non avremmo dovuto trovarci lì. «Forza, fa' i bagagli. Questo posto non è sicuro per nessuna di noi due.»

Lyssa non sembrava preoccupata. La afferrai per un polso e la tirai in piedi. «Dico sul serio. Mitch è un trafficante sessuale o qualcosa del genere. Potremmo essere in pericolo. Andiamo.»

Lo scricchiolio della ghiaia fuori di casa ci fece correre entrambe verso la finestra.

«Oh merda,» disse Lyssa, il suo sguardo molto familiare che incrociava il mio.

Un bellissimo suv nero della Jaguar accostò e parcheggiò davanti alla porta proprio dietro l'auto di Johnny.

«È lui?» sussurrai io, il cuore che mi martellava nel petto.

Lei annuì. «Sì. C'è Mitch.»

33

JOHNNY

Pestai il pedale dell'acceleratore, andando a tavoletta. Ero quasi arrivato al ranch di Chapman.

Cercai di chiamare più e più volte il cellulare di Lyssa, ma finiva dritto in segreteria, come se l'avesse spento.

Cazzo! La mia compagna era in pericolo e ogni secondo in cui si trovava lì senza di me era un secondo in cui avrebbe potuto capitarle qualcosa. Il mio lupo ululava angosciato.

Non sapevo nemmeno se fosse là, ma il mio istinto mi diceva che avevo ragione a recarmi al ranch. Era ciò che mi aveva spinto a sbottare contro il mio alfa e praticamente a confiscare il pickup di Boyd. Lei si trovava ad Acque Chete. Il mio lupo lo sapeva, cazzo.

Il mio cellulare squillò e io mi affrettai a rispondere.

«Johnny? Sono Knox.» Knox era uno dei sicari del branco Due Segni nel Wyoming. Si erano trovati in zona per qualche altro lavoro ed erano stati incaricati di raggiungermi quando avevamo saputo che Chapman era diretto nel Montana. «Io e Travis siamo ai margini della proprietà di Chapman adesso.»

«Aspettatemi. No... cazzo.» Non riuscivo a riflettere lucidamente. «Credo che la mia compagna, Lyssa, si trovi nella proprietà. È la custode di Chapman. Abbiamo litigato e sono piuttosto certo che sia tornata lì. Non voglio che finisca in pericolo.»

«Cazzo,» sentii borbottare Travis. «Questo sarà un problema.»

«Cosa vuoi dire?» praticamente urlai.

«Tu, amico,» disse Knox. «Il tuo lupo avrà un solo obiettivo: proteggere la tua compagna. Il che va bene. Adesso che lo sappiamo, ci saremo noi a darci da fare. Quanto ti manca?»

«Quindici, venti minuti.»

«Hai un pickup blu?»

«Sì.» Condivisi marca e modello.

«L'abbiamo visto nel vialetto. Lei è qui.»

Fui sollevato e terrorizzato allo stesso tempo. Sfruttai la potenza del motore del pickup di Boyd.

«Okay, ascolta. Noi mutiamo e ci addentriamo nella proprietà in forma di lupo. Annuseremo in giro e ci posizioneremo accanto alla casa. Tu guida dritto fino all'ingresso e bussa alla porta e noi saremo pronti a coprirti le spalle.»

«Capito.»

Terminai la chiamata e strinsi il volante con forza. Me la sarei vista con Boyd e con i segni delle dita che ci avevo lasciato dentro più tardi.

34

LYSSA

«Posso gestire Mitch,» dissi a Emma. «Tu va' in camera mia. Non ha senso che sappia che siamo in due se possiamo farne a meno.»

Lei non sembrava troppo entusiasta all'idea di dividerci, specie sapendo di cosa era capace Mitch. Quel pervertito.

«Ne sei sicura?»

Io annuii. «Sì, va'.» La spintonai in direzione della mia stanza e ancheggiai fino alla porta d'ingresso per accogliere il mio datore di lavoro.

Ci eravamo conosciuti all'inaugurazione di una mostra d'arte a Santa Fe – io mi stavo facendo l'artista – uno scultore sexy che avevo conosciuto ad Aspen. Mitch aveva flirtato. Io avevo ricambiato perché, be', cavolo. Miliardario.

Mi aveva chiesto cosa facessi per vivere, io gli avevo detto di aver fatto un po' di tutto, dalla modella all'organizzatrice di eventi e che ero alla ricerca di lavori che mi mantenessero quello stile di vita e tra la gente alla quale piaceva mescolarmi, e se per caso ne avesse avuto uno in mente da offrirmi.

Lui aveva adorato la mia risposta e mi aveva offerto subito quella posizione.

A ripensarci era accaduto tutto troppo facilmente. Lo stipendio a cinque zeri per non fare nulla. L'offerta fin troppo generosa di permettermi di restare nel fantastico, ma isolato ranch.

Avevo pensato volesse del sesso. Per qualche motivo, io non ero stata interessata, ma mi ero sentita sicura di poterlo tenere a bada nel caso in cui avesse fatto la sua mossa.

Ora, però, aveva scoperto che quel tipo era un trafficante di sesso!

E io avrei potuto essere la sua prossima vittima. Col senno di poi, ero stata un'idiota. Imprudente. Perché non potevo avere un po' del giudizio di Emma nei confronti della vita? Forse non ci saremmo trovate entrambe nella casa di un trafficante sessuale.

Mi aveva attirata fin lì con un lavoro finto e ben pagato.

Io mi ero già trovata in situazioni pericolose ed ero

sempre riuscita a cavarmela. Stavolta non sarebbe stato diverso. Non fosse che dovevo tenere al sicuro anche Emma.

Spalancai la porta d'ingresso. «Mitch! Non mi avevi detto che saresti venuto.» Gli rivolsi un sorriso smagliante.

Lui mi guardò accigliato ed entrò a passo deciso in casa sua.

Non c'era più l'uomo affascinante che mi aveva assunta.

Davvero, non avrei dovuto accettare un lavoro in loco con un uomo che avevo appena incontrato. Mi vergognavo di me stessa.

«Non dovrei avvisarti,» sbottò. «Dovresti sempre essere pronta ad accogliermi.»

«Oh, lo sono.» Nessuno era più bravo di me a mantenere il contegno.

«Bene. Prendi i miei bagagli.»

Prendere... *i suoi bagagli*? Cos'ero, la sua portinaia? Sì, forse lo ero.

Okay, d'accordo. Non c'era bisogno di porre dei limiti a un lavoro che avrei mollato quel giorno. Ce l'avevo già un limite, ed era avere un datore di lavoro che vendeva donne.

Mi trascinai fuori e aprii il bagagliaio della Jaguar, per poi tirarne fuori un'enorme valigia che mi feci rimbalzare sulle gambe quando cadde giù dall'auto. Tirai fuori la seconda valigia e la poggiai accanto alla prima per chiudere il portellone. Tirando su le maniglie telescopiche, trascinai i due bagagli in casa. Sembrava che sarebbe rimasto per un po', a giudicare dalle dimensioni e dal peso della sua roba.

Mitch era nell'enorme salotto. Si era già tolto le scarpe e si stava sbottonando la camicia proprio lì in mezzo alla stanza. «Sono di pessimo umore, ho fatto un lungo viaggio,» disse. «Levati i vestiti, così che possa sfogarmi.»

Accidenti. La rabbia mi fece arrossire fino ai capelli, ma non lo diedi a vedere. Avevo fatto sesso. Un sacco di sesso, e con uomini che conoscevo a malapena. Facevo comunque distinzioni. Era una mia scelta. Sempre.

Così? Già, uno schifo.

Mi gettai i capelli oltre la spalla. «Sembra che pensi che il mio lavoro da custode comprenda fare sesso con te. Dico bene?»

Lui sbuffò mentre si slacciava la cintura. «Ovviamente.»

Serpente del cazzo.

Incrociai le braccia al petto. «Non succederà.»

Emma aveva detto che quel tipo era un lupo – non ero nemmeno sicura di credere a quello che mi aveva detto perché era una vera follia – ma notai uno strano luccichio nei suoi occhi mentre avanzava deciso verso di me.

Mi spostai senza far sembrare che stessi scappando, e

sgattaiolai verso la cucina. «Lascia che ti versi qualcosa da bere, così che tu possa rilassarti.»

In un attimo, lui mi fu dietro, un braccio avvolto attorno alla mia vita e l'altro stretto alla mia gola. «Succederà, e succederà adesso,» ringhiò.

Io sfruttai le mie migliori mosse di autodifesa, piantandogli una gomitata nello stomaco e pestandogli un piede, forte, ma non gli feci nulla.

«Lasciami!» Mi dimenai nella sua presa, cominciando ad andare nel panico. Me l'ero già vista con uomini molesti. Ubriachi che non accettavano un rifiuto. Ma quello era diverso. Lui mi stava facendo mancare l'aria. Cazzo, stavo per svenire.

La vista stava iniziando a offuscarsi quando sentii del vetro rompersi in due direzioni diverse.

Mitch mi lasciò andare e caddi sul pavimento della cucina, sfregandomi la gola. Due *enormi* lupi bruni si trovavano in piedi dentro la villa. Porca puttana. Uno era balzato attraverso le porte a vetri scorrevoli e l'altro attraverso il pannello in vetro accanto alla porta d'ingresso. Entrambi avevano il pelo dritto e i denti snudati. Un ringhio inquietante riempiva la stanza.

Emma aveva avuto ragione riguardo ai mutanti, ma vederlo? Sbattei più volte le palpebre. Forse avevo perso qualche neurone mentre Mitch tentava di strozzarmi.

Lui ringhiò, i vestiti gli si lacerarono mentre mutava in un lupo grigio. Attaccò uno degli altri lupi, ma entrambi gli furono addosso in un attimo. La lotta fu un caos di ringhi, pelo che volava via e corpi che ruzzolavano. Fecero cadere a terra mobili e lampade con grossi tonfi.

E poi, finì.

Il lupo grigio giaceva inerme. Insanguinato. Esanime.

Io deglutii con forza, indietreggiando da quella scena. «Cazzo. L'avete ucciso.»

I due lupi cambiarono. Sotto i miei occhi... mutarono. Ora, c'erano due uomini molto nudi e molto sexy in piedi sopra il lupo morto.

«Non ho potuto farne a meno.» Uno di loro mi stava guardando.

L'altro si stava ripulendo il sangue dalla bocca. Che schifo. Che gran schifo. Ma anche... wow. Quei due avevano ammazzato il cattivo. Mi avevano salvata.

«Tu sei Lyssa?»

Avanzarono entrambi decisi verso di me. Ripeto, erano nudi. Meravigliosamente nudi.

«Sì.» Resistetti all'impulso di farmi aria. Era il momento sbagliato per suggerire una cosa a tre, ma era tutto ciò a cui riuscivo a pensare. Specie visto quanto, ah, erano dotati quei tipi.

Non avevo mai fatto una cosa a tre prima di allora. Non me l'ero mai immaginata a parte in un romanzo che avevo acquistato in aeroporto prima di un volo. Ora, bramavo quella coppia.

Ognuno di loro mi porse una mano. Invece di scegliere, io le presi entrambe e loro mi tirarono in piedi.

Nessuno dei due mi lasciò andare. Mi fissarono, si avvicinarono. Inalarono il mio odore.

«Lyssa!» Un altro tipo – quello vestito – si precipitò attraverso il buco nel vetro della porta d'ingresso, l'espressione selvaggia.

«Sì?»

Lui notò il lupo morto a terra e i due uomini che mi tenevano ancora per mano e corse da me. «Grazie al Destino stai bene.» Agli altri uomini disse: «Avreste dovuto aspettare il mio arrivo.»

«Stava strozzando la tua compagna,» disse uno dei miei eroi nudi, ma aggrottò la fronte sulla parola *compagna*, come se l'avesse trovata indigesta.

«La tua cosa? Compagna?» chiesi mentre il tipo nuovo si precipitava da me.

Oh. Lui doveva essere Johnny. Ovviamente, pensava che io fossi Emma. Lei gli aveva dato il mio nome.

«Aspetta, Cowboy,» dissi quando lui cercò di avvicinarsi. Poggiai una mano sul suo petto per impedirgli di prendermi in braccio. «Gemella sbagliata. Tu stai cercando Emma.»

Lui si ritrasse, allargano le narici. Il suo sguardo corse al mio collo e la sua fronte si aggrottò ulteriormente. «Gemella?»

«Ah. Ora si spiega,» disse uno degli dei nudi al mio fianco. La sua mano cominciò ad accarezzarmi il braccio scoperto. Delicatamente, ma mi fece scorrere dei brividi lungo la schiena.

«Cosa si spiega?» volle sapere Johnny, spostando lo sguardo tra di loro. Ancora non capiva che non ero la donna di cui era innamorato. Che non ero Emma. Forse le assomigliavo, ma nient'altro.

«Si spiega perché ha l'odore della *nostra* compagna,» disse uno dei due uomini/lupi.

L'altro ringhiò.

Oddio.

35

EMMA

«Johnny!»

Ero stata lontana da quell'uomo solamente qualche ora, ma provai un senso viscerale di sollievo nel trovarmi di nuovo accanto a lui. Come se il mio corpo si fosse messo a festeggiare la sua sola presenza.

Johnny si girò di scatto a guardarmi. «Lyssa!» Corse verso di me accanto alla lavanderia. Ero uscita dalla camera da letto di Lyssa quando avevo sentito del vetro infrangersi. Avevo guardato due lupi lottare con uno grigio per poi ucciderlo. Come i lupi si fossero tramutati in uomini che avevano occhi soltanto per Lyssa.

«Mi chiamo Emma, in realtà,» ammisi finalmente.

Lui vacillò per un istante, poi si avvicinò ancora più

in fretta. «Okay. Emma. Non mi importa come ti chiami, o per chi lavori, piccola. O perché ci sia una donna identica a te in cucina. Io ti amo. Sei l'unica per me. La mia compagna.»

Io gli avvolsi le braccia attorno al collo e lasciai che mi sollevasse, allacciandogli le gambe attorno alla vita. Lo strinsi forte, senza volerlo lasciare mai più.

Lui mi portò in camera da letto, lontano dal lupo morto nel salotto. E dai due uomini nudi che tenevano per mano mia sorella.

Figuriamoci.

Lei era sempre pronta a far festa. Due lupi rompevano delle finestre e si ammazzavano e lei li ammaliava, scontato!

Lui si sedette sul letto con me in braccio.

«Scusami,» dissi a Johnny. «Ho esagerato. Mi sono sentita usata.»

Il suo naso mi corse lungo il collo, inalando il mio odore. «Cazzo, non avrei dovuto usarti. O permettere che ti sentissi così. Mi dispiace tantissimo.»

Io scossi la testa, deglutendo con forza. «Io... forse ho peggiorato le cose con te riguardo a Mitch.»

Lui si accigliò. «In che senso?»

«Alla sorgente termale, quando volevi che lo chiamassi. Non sapevo il suo numero. Io sono Emma, non Lyssa, ricordi?» Mi si riempirono gli occhi di lacrime. «Ho mentito. Cioè, ho davvero mentito quando ho finto di chiamarlo. Non sapevo che fosse pericoloso. O che...»

«Shh, va tutto bene.»

Scossi la testa. «Non puoi perdonarmi tanto facilmente.»

«Io ti ho tenuto nascosto il fatto di essere un mutante. E un sicario. E di averti marchiata. *E* che il tuo non-capo fosse un tipo davvero cattivo e pericoloso. Penso che abbiamo mentito entrambi, eh?»

Io tirai su col naso e annuii.

«Ora raccontami dell'essere una gemella, perché questa non me l'aspettavo.»

«Già.»

«Ma... perché hai detto di essere Lyssa?»

Sospirai. «Era lei ad avere un lavoro qui. Io mi sono davvero licenziata dal mio lavoro a Los Angeles e sono venuta qui a trovarla. Poi lei se n'è andata via con un tipo a Ibiza. Quando ti sei presentato, ho finto di essere lei. Assumere la sua identità mi permetteva di comportarmi più come lei. Essere quella pazza e scatenata.»

Lui mi guardava accigliato, confuso. «Tipo come?»

«Tipo facendomela con te. Venendo via con te. Facendo il bagno nuda. La scatola di giocattolini. Tutto quanto. Di solito io non sono impulsiva. Sono molto prudente. Non scopo con tipi qualunque né corro rischi del genere.» Dovetti distogliere lo sguardo nell'ammettere la mia paura più grande. «Io... non sapevo se ti sarebbe piaciuta la noiosa Emma.»

Mi ero aspettata che Johnny mi dicesse qualcosa di dolce, invece rise. Riportai lo sguardo sul suo.

«Lo trovi divertente?»

Lui tornò serio all'istante. «No, piccola. scusa. È solo che non ti ho ancora spiegato una cosa. Una cosa piuttosto grossa. Su di noi.»

Io mi immobilizzai. Trattenni il fiato. Cosa poteva esserci di grosso riguardo a noi? Che altro poteva mai esserci?

«Ricordi quando ti ho chiesto se credevi nel destino?»

Annuii.

Johnny sembrava così serio. Un tantino nervoso. Bello da morire. Gli accarezzai la mascella ruvida.

«Be', ogni lupo ha una compagna predestinata. Sono difficili da trovare perché potrebbero trovarsi ovunque nel mondo, ma chi è fortunato ci riesce. Quando incontriamo la nostra compagna, la riconosciamo dal suo odore.»

Ebbi un tuffo al cuore. Cosa mi stava dicendo?

«Quando mi hai aperto quella porta tre giorni fa e io ho colto il tuo odore, ho capito subito che eri mia.»

Io sbattei le palpebre. Con forza.

«*Oh.*»

«Dunque, vedi, non avrebbe avuto importanza che lavorassi per Chapman o per il governo o che fossi disoccupata. Non avrebbe avuto importanza se mi avessi detto di chiamarti Topolino. Avrei decisamente fatto tutto il possibile per farti capire ciò che io già sapevo: che siamo fatti l'uno per l'altra.»

Mi si riempirono di nuovo gli occhi di lacrime e

schiusi le labbra. «E se... fosse stata Lyssa ad aprire la porta?»

«Tua sorella?» Lui scosse la testa. «No. Non è lei quella giusta. Ma mi è parso che Knox e Travis pensino che appartenga a loro.»

«Entrambi?» esclamai io.

Lui annuì. «Provengono dal branco dei Due Segni nel Wyoming. Una razza leggermente diversa. Loro si accoppiano in due.»

Io risi. «Be, in effetti ce ne vorrebbero due per gestire Lyssa!»

Johnny rise con me per poi tornare serio. «Credevi davvero che potesse piacermi di più Lyssa? O che ciò che abbiamo non fosse reale e io ti stessi solo usando per arrivare a Chapman?»

Io deglutii. «Sì. È stato stupido. È solo che... ho avuto paura.»

Lui mi ravviò i capelli dal viso. «Già, anch'io. Ho avuto paura di perderti.»

Premetti le labbra sulle sue, accarezzandole delicatamente. «Be', non l'hai fatto.»

Johnny si sfregò le labbra come a gustarsi il mio sapore. «C'è un'ultima cosa che non ti ho ancora detto.»

«Che cosa?»

«Ieri sera, quando ti ho morsa?»

«Sì?»

«Quando un lupo maschio incontra la sua femmina predestinata, la marchia col proprio odore, così che gli altri lupi sappiano che è impegnata. È stupido, ma è la nostra biologia, per cui non possiamo farne a meno. Non intendevo marchiarti, ma mi sono lasciato trasportare dalla luna piena.»

Io mi toccai la piccola crosticina sul collo. «Questo? Mi hai marchiata qui?»

Lui annuì. «Già. Un siero ci ricopre le zanne e si insinua nella pelle delle compagne. Per cui adesso hai il mio odore addosso.»

Avevo il suo odore addosso. «Immagino sia la versione lupesca di una fede nuziale?»

Lui rise. «Suppongo di sì.»

«Io non posso marchiarti?»

Il sorriso di Johnny era più radioso della luna. «Mi stai dicendo che ti sta bene? Essere mia?»

Anch'io sorrisi. «Vuol dire che tu in cambio sei mio?»

«Per la vita, piccola. I lupi si accoppiano a vita. Sei il mio scopo, adesso. Tenerti al sicuro e soddisfatta è tutto ciò che mi importa, cazzo.»

Be'.

Vista così, a chi importava davvero se mi avesse usata per ottenere informazioni su Chapman? Quel tipo era pericoloso e io ero grata che Johnny avesse provato a fare tutto il possibile per trovarlo.

«Il lupo grigio là fuori è Chapman?»

«Sì, ma non sono stato io a ucciderlo. Knox e Trevis l'hanno affrontato prima che io arrivassi. Stava strozzando tua sorella, a giudicare dai segni che ha sul collo.»

«Oddio!» Scesi dalle braccia di Johnny. «Devo assicurarmi che stia bene.»

«Sì, certo. Scusa, piccola. Dovevo solo assicurarmi che fossimo a posto, prima.»

Intrecciai le dita a quelle di Johnny e tornammo in salotto. Ci immobilizzammo subito.

«Uhm. Sì. A me sembra che stia bene,» borbottai e Johnny mi attirò di nuovo tra le sue braccia.

Lyssa era in cucina, incastrata tra i due mutanti nudi, a farsela con entrambi. *Nello stesso momento!* Uno la baciava mentre l'altro se ne stava alle sue spalle, una mano tra le sue gambe e l'altra sul suo seno attraverso il suo abitino.

«Già. Decisamente bene.» Io e Johnny smorzammo le nostre risate mentre tornavamo in camera da letto. Non appena avemmo chiuso la porta, scoppiammo a ridere. Era bello ridere con lui, lasciando evaporare tutta la tensione e l'angoscia di quella giornata. Mentre buttavamo fuori quello vecchio, riempimmo i polmoni di ossigeno fresco.

Con una nuova consapevolezza di chi fossimo insieme e separati.

Un nuovo inizio per noi.

«Sono i suoi compagni?»

«Decisamente. Ti amo, Lys-cioè, Emma-oh!» Johnny ghignò. «Ora so perché volevi che ti chiamassi solamente *piccola* a letto!»

Io risi. «Sì. Non volevo che Lyssa si intromettesse nei

nostri momenti intimi.»

Johnny indicò la porta. «Come abbiamo appena fatto noi con lei?» Fummo colti da un altro attacco di risate.

Quando si esaurì, Johnny mi fece scorrere le nocche lungo la guancia. I suoi occhi scuri incrociarono e sostennero i miei. «Ti amo, Emma. So di dover ancora imparare molte cose su di te e su come renderti felice, ma sono disposto a tutto. Sono il tuo uomo, nella buona e nella cattiva sorte. Per sempre.»

36

JOHNNY

QUANDO UN MUTANTE moriva sotto forma di lupo, non mutava più in forma umana. Ciò rendeva davvero difficile dimostrare la morte di Chapman al mondo umano, ma non era un problema nostro. Il Consiglio dei Mutanti se la sarebbe vista con le conseguenze della mancata cattura. Aveva cercato di uccidere un'umana e, cosa più importante dal punto di vista del Consiglio, la sorella della mia compagna che avevo marchiato. Già solo quello prevedeva una condanna a morte.

Io, Knox e Travis trascinammo il corpo da lupo di Chapman fino a un campo in lontananza per lasciare che se ne occupassero gli avvoltoi. Il Consiglio inviò subito qualcuno a riparare i vetri rotti sulla proprietà.

Non appena Lyssa ed Emma ebbero fatto i bagagli e il posto fu sigillato, ce ne andammo diretti al Wolf Ranch. Tutti e cinque.

Emma e Lyssa non erano pronte a dividersi e Knox e Travis non avrebbero mai perso di vista la loro compagna, per cui li avevo invitati al ranch. Una volta arrivati al capanno – dove il trio sarebbe rimasto durante la loro visita – ci bevemmo qualche birra e mangiammo della carne alla griglia da asporto che avevamo preso tornando a casa.

Io mi rilassai e conobbi meglio la mia compagna e sua sorella, mentre Knox e Travis le interrogavano a cena, affamato di ogni minimo dettaglio. A quanto pareva Lyssa era al corrente del fatto che fossimo lupi – Emma gliel'aveva detto poco prima che arrivassimo – e sembrava aperta all'idea di appartenere a due uomini. Non ero sicuro che fosse perché le piacessero le cose selvagge e impulsive, tipo stare con due uomini insieme, e non ero sicuro che capisse ancora del tutto la cosa. Avrebbe avuto i suoi compagni accanto mentre scopriva di cosa si trattava. E si accasava. Non avrebbe più girovagato.

Speravo che le piacessero gli inverni nel Wyoming.

Ci raccontarono della loro infanzia a Pittsburgh, dei loro genitori, che vivevano ancora là, e delle malefatte che erano state solite inscenare scambiandosi di ruolo a scuola crescendo.

«Lyssa è quella esagerata, per cui ha senso che si sia beccata due compagni,» rise Emma.

«Sei esagerata, piccolina?» Knox aveva Lyssa in braccio. Lei teneva le gambe allungate in grembo a Travis, così da toccare entrambi.

Lyssa annuì per poi ridacchiare, senza vergognarsi di ammettere: «È dura gestirmi.»

«Oh, ce la caveremo con te, angelo,» promise Travis, giocherellando con una delle sue lunghe ciocche di capelli neri. «Non sarai mai troppo per noi.»

Io attirai lo sguardo di Emma. «E tu sarai sempre abbastanza per me,» le dissi mentre la guardavo arrossire adorabilmente.

«Alle gemelle più belle e più intelligenti che siano mai esistite.» Knox sollevò la propria bottiglia di birra.

«Alla salute.» Sollevai la mia e facemmo tutti un brindisi. «E ora muoio dalla voglia di avere un po' di tempo da solo con la mia compagna, cosa che sono certo valga anche per voi.» Mi alzai e tirai via Emma dal divano, prendendola tra le braccia.

Lei trasalì per poi ridere.

«L'ultimo a far venire la propria compagna è un uovo marcio.» Corsi in camera da letto mentre in salotto tutti scoppiavano a ridere.

«Sfida accettata!» ci gridò dietro Travis.

Io portai Emma in camera nostra e chiusi la porta con un calcio. La misi giù, tenendo i nostri corpi in contatto per tutto il tempo. Sentii le voci di Knox e Travis e la risatina di Lyssa. Poi una porta che sbatteva chiudendosi.

«Finalmente ti ho tutta per me,» mormorai.

Lei sollevò lo sguardo su di me, i suoi occhi castani carichi d'affetto, le labbra dischiuse. Sentivo già l'odore della sua eccitazione.

«Mi sembra passata un'eternità da quando hai lasciato questo letto.» Il dolore di vederla allontanarsi quella mattina fece ritorno, ma fu meno pronunciato. Erano successe così tante cose da allora. Avrei voluto lavare via tutto, tornare solo a me ed Emma. Noi. Insieme.

Nessuna sorella gemella a sorpresa.

Nessun mutante ribelle.

Nessun segreto.

«Anche a me,» sussurrò lei.

Le presi il viso tra le mani. «Non lasciarmi più,» la implorai, i pollici che le accarezzavano la pelle soffice. «Resta e parliamo. Riusciremo sempre a sistemare le cose.»

Lei annuì e mi sbottonò la camicia. Desiderava quanto me che fossimo nudi. «Ho avuto paura. Adesso capisco. Sono sicura di te.»

Io le accarezzai la schiena e le strinsi il culo. «Anch'io sono sicuro di te.»

Emma rise. «Sembra quasi che tu non abbia scelta. Mi hai morsa, dopotutto.»

Ghignai. «Be', questo è vero, ma significa tanto. È la

mia biologia: il mio lato lupesco che mi spinge a tenerti vicino, a proteggerti, a provvedere a te.» Agitai le sopracciglia e infusi un certo ringhio nella mia voce. «*A soddisfarti.*»

Lei sfregò il corpo contro il mio e sorrise. «Mmh. Mi piace l'idea.»

«Ma c'è anche il lato umano. Quella parte di me che si innamora sempre più di te ogni minuto che passa. Non te l'ho detto prima, piccola. Ti amo. Davvero. Sì, sei la mia compagna, ma il mio cuore è tuo.»

Le brillarono gli occhi di lacrime. «Anch'io ti amo,» sussurrò. Mi aprì la camicia e fece scivolare le mani lungo il mio petto nudo.

Il mio cazzo, già semi eretto, si inspessì dolorosamente contro la mia zip.

Volevo andarci piano con lei quella volta. Non c'era più la luna piena né avvertivo il bisogno di marchiarla. Sembrava che un piccolo taglietto col mio dente fosse bastato a infonderle il mio odore sulla pelle e a soddisfare le mie necessità, il che era un sollievo. Marchiare un'umana poteva essere pericoloso e doloroso per loro, visto che non guarivano subito come noi.

Stavolta potevo godermi la sensazione di toccare Emma, di scoprire ogni centimetro del suo corpo. Ogni gemito. Lamento. Sussulto. Le sfilai la maglietta dalla testa e la gettai a terra.

Lei si mise all'opera per sbottonarmi i jeans.

Io le sganciai il reggiseno, gemendo quando i suoi

grossi seni si riversarono fuori. Prima che potessi chinare la testa per venerarli, Emma si mise in ginocchio, tirandomi giù jeans e boxer nel mentre.

La vista di lei davanti a me, che mi guardava attraverso le ciglia, fu la cosa più sexy che avessi mai visto.

«Oh, merda.»

Lei mi sorrise mentre mi afferrava l'erezione.

Io mi calciai via jeans e boxer dalle caviglie per toglierli di mezzo e lei allungò la lingua e la avvicinò alla punta della mia erezione.

Un tocco della sua umidità e mi si contrassero i testicoli. Gemetti, accarezzandole i capelli setosi con le dita.

Lei tenne ferma la lingua e vi fece scorrere sopra la punta del mio cazzo. La sensazione alternata della sua lingua calda e dell'aria fredda mi fece impazzire. Specie quando lei smise di stuzzicarmi solo per infilarsi tutta la mia erezione in bocca e lasciare che scivolasse a fondo.

«Cazzo,» esalai.

Stavo morendo.

Era bellissimo.

Strinsi la mano a pugno tra i suoi capelli e la usai per guidarla avanti e indietro, lentamente e a fondo. Lei mi massaggiò i testicoli, per poi tirarsi via e succhiarli, cosa che mi fece quasi esplodere dal piacere.

«Cazzo, piccola. È bellissimo. Mi stai uccidendo, Emma.»

Oh, dire il suo vero nome era la cosa più dolce del mondo.

Lei mi sorrise. «L'intenzione è quella.» Proseguì nella sua deliziosa tortura fino a quando io non fui a un passo dal venirle nella gola, dopodiché vi posi fine.

«Tocca a me, piccola.» La tirai su e la adagiai al centro del letto.

«Megalomane,» rise lei. «Ora so come mai sei così forte. Non è solo perché sposti balle di fieno su un ranch.»

«Ti piace?» Le balzai addosso, tirandole via i pantaloni da yoga e le mutandine.

«Lo adoro, diamine.»

Mi chinai su di lei, concedendomi un istante per ammirare la mia compagna nuda. Era squisita. Morbida e formosa. Meravigliosamente aperta per me.

Lei sostenne il mio sguardo mentre si faceva scorrere la punta di un dito tra le gambe.

«È lì che mi vuoi, piccola?»

Lei annuì.

Io le spinsi indietro le ginocchia fino alle spalle, allargandole la fica per la mia bocca. Poi le afferrai i polsi e le sollevai le mani sui seni. «Stuzzicati i capezzoli mentre lecco la tua bella fica.»

«Sissignore,» disse piano lei, dopodiché io mi misi all'opera.

37

EMMA

Non mi ero mai fidata di qualcuno più di quanto mi fidassi di Johnny. Nemmeno di Lyssa. Mi sentivo incredibilmente al sicuro. Così protetta. Così viziata in quel preciso istante. Così eccitata.

La sua bocca stava leccando via ogni singola goccia della mia eccitazione. Poi lui mi stuzzicò il clitoride, mettendoci anche le dita. Prima, eravamo stati entrambi frenetici per via del desiderio. Stavolta, fu altrettanto carnale, ma fu diverso. Più dolce. Più eccitante.

I nostri pensieri non erano annebbiati dalla passione.

Oh, era eccitante da morire, ma era... amore.

«J...» Lo afferrai per i capelli e lo attirai a me. Quando lui arricciò un dito, venni con un forte sussulto.

«E uno, piccola.» Mi baciò lungo tutto il corpo fino ad arrivare alla mia bocca. Le nostre lingue si intrecciarono e io sentii il sapore del mio piccante desiderio.

«Ti prego,» lo implorai, agitando i fianchi. La punta del suo cazzo era proprio lì e lo volevo dentro di me.

«La mia ragazza avida,» disse lui per poi spingersi a fondo, riempiendomi in un'unica lunga spinta decisa.

«Oh, sì.»

Lui si tenne a fondo, restando sospeso sopra di me. «Guardami, Emma.»

Aprii gli occhi e incrociai il suo sguardo scuro.

«È adesso che ti avrei marchiata. Ti avrei morso il collo e fatta mia. Eri già mia dall'istante in cui hai aperto quella porta all'Acque Chete, ma il morso l'avrebbe reso permanente.»

«Sì.»

Lui piegò la testa e mi leccò quel punto.

«Tu sei mia. Lo sei sempre stata. Dovevamo solo trovarci.»

Mi si riempirono gli occhi di lacrime per quelle parole romantiche. Annuii.

Poi non fu più così romantico. La sua voglia di me era troppo forte. Lo capivo perché anch'io fremevo per lui. Mi scopò in lunghe spinte misurate. Profonde. Forti. Poi ancora più forti.

Una testiera sbatté contro la parete e ci rendemmo conto che non era la nostra.

Lyssa era con i suoi compagni. Speravo che avesse lo

stesso legame che condividevo io con Johnny, perché era la felicità migliore del mondo. Era sentirsi completi.

Quando lui infilò le dita in mezzo a noi, il suo pollice che trovava il mio clitoride, mi fece venire. Mi fece urlare.

Ci fece vincere la scommessa riguardo a quale sorella potesse essere soddisfatta per prima.

Non aveva importanza. Sapevo che, poiché appartenevo a Johnny, sarei sempre venuta per prima per lui.

38

JOHNNY

Il sole stava cominciando a tramontare dietro le montagne, l'aria della sera si rinfrescava sempre più ogni minuto che passava. Io e Emma camminavamo mano nella mano verso l'annuale falò autunnale del branco. Gli adolescenti del branco avevano raccolto abbastanza legna da tenerlo acceso per tutta la notte. Si sarebbero divertiti fin quasi all'alba. Ero stato uno di loro fino a soli pochi anni prima, a bere assieme ai miei amici mutanti. A fare stupidaggini.

Ora, sarei stato uno dei primi ad andare a letto. Non perché fossi vecchio e stanco, ma perché avevo la mia compagna predestinata proprio dove la volevo, il che non era attorno a un falò.

Tuttavia, dovevo farla riposare un po'. Dopo che eravamo tornati al Wolf Ranch, l'avevo tenuta in camera da letto per i due giorni che non avevamo davvero avuto la prima volta. Emma – sì, EMMA – e io avevamo parlato e scopato e mangiato del cibo che ci aveva lasciato qualcuno dalla casa principale e fatto l'amore e... fatto tutte le cose che dovrebbero fare i neo compagni.

Non dovemmo andare lontano. La festa si trovava dietro il fienile accanto al ruscello, la stessa zona in cui tenevamo i nostri picnic di branco. Da un rapido controllo, vidi che era già arrivata la maggior parte del branco. Il cibo abbondava, un altoparlante diffondeva della musica e tutti erano di buon umore.

Emma mi strinse le dita. Io mi fermai e mi voltai a guardarla. «Stai bene?»

Il suo bel viso era teso dalla preoccupazione. «Se la prenderanno?»

Io guardai sua sorella da sopra la sua spalla, affiancata dai suoi compagni del branco dei Due Segni. «Credo che rimarranno molto sorpresi e non vedo l'ora di vedere le loro facce. Forza.»

Non era tanto sicura del fatto che il mio branco l'avrebbe accettata dopo che li aveva ingannati tutti facendo loro credere di essere qualcun altro. Non riuscivo a capire perché, soprattutto ora che avevo conosciuto Lyssa. Aveva bisogno di due compagni per gestirla.

Trovai facilmente Rob e Willow e andai prima da loro.

«Ciao,» dissi, passando un braccio attorno alle spalle di Emma.

Rob spostò lo sguardo tra noi due con espressione illeggibile. Willow, invece, aveva un sorriso che le andava da un orecchio all'altro. L'avevo aggiornata su quanto fosse successo al ranch di Chapman subito dopo l'accaduto. Be', subito dopo aver fatto l'amore con Emma per la prima volta. Quella, però, era la prima volta che ci trovavamo faccia a faccia dopo il nostro ritorno.

«Alfa, mi piacerebbe...» esordii, ma Emma mi interruppe.

«Mi piacerebbe presentarmi di nuovo.» Trasse un respiro profondo e sollevò il mento. «Mi spiace di aver mentito, a entrambi. Mi chiamo Emma Lane. Mia sorella, Lyssa, è qui da qualche parte.»

«Sono qui!» esclamò Lyssa con la sua voce allegra e briosa.

Arrivò a passo rilassato da noi e si mise accanto a Emma.

Nonostante fossero identiche, era facile per me notare la differenza tra le due. Quelle palesi erano l'abbronzatura di Lyssa dovuta al tempo trascorso ad Ibiza, ma anche la sua personalità. Era più audace. C'erano anche differenze fisiche meno marcate, tipo il fatto che la bocca di Emma fosse leggermente più piena. Non avrei mai potuto confonderle.

Il mio marchio me l'assicurava. Emma aveva il mio odore addosso.

«Voi due avete creato un bel po' di guai,» commentò Rob.

Lyssa agitò una mano per aria. «Mantenere segreti i mutanti agli umani vuol dire mantenere costantemente dei segreti. Credo che tu abbia l'aspetto di un cane bastonato perché, per una volta, qualcuno te l'ha fatta.»

«Lyssa.» Una voce profonda ringhiò alle nostre spalle. Knox le avvolse un braccio attorno alla vita, attirandola stretta contro il proprio petto. «Non si manca di rispetto a un alfa,» mormorò contro il suo orecchio.

«Non è mancare di rispetto, è essere onesti,» replicò lei.

L'altro suo compagno, Travis, li raggiunse. Per quanto non l'avessero ancora marchiata, l'avrebbero fatto. Probabilmente quella sera, a giudicare da come avevano già legato.

Lanciai un'occhiata a Rob, per paura che potesse arrabbiarsi o staccarle la testa a morsi o qualunque cosa fosse facessero gli alfa in momenti come quello. Lui aveva un angolo della bocca curvato verso l'alto, il che mi fece rilassare.

«Dicci, *onestamente*, compagna, che sensazione ti dà quel plug nel culo?» sussurrò Knox vicino al suo orecchio. Col mio udito da mutante, non potei non sentire quella domanda. «Sarà diverso quando avrai il culo tutto rosso grazie alla sculacciata che ti prenderai per tenere a freno la tua insolenza.»

Per una volta, Lyssa arrossì, ma ebbi la sensazione

che adorasse quel rimprovero. «Chiedo scusa, Alfa,» disse allegra. «Grazie per averci invitati al falò del tuo branco.»

Attraverso le ciglia, sollevò lo sguardo su Knox, in cerca di qualcosa.

Lui le sorrise. «Brava ragazza,» mormorò, accarezzandole i capelli.

Io strinsi il fianco di Emma.

EMMA

Sorrisi e mi appoggiai a Johnny.

Ero tanto sconvolta quanto meravigliata da come quei due tizi avessero domato mia sorella. Non il suo fuoco, ma sembrava che, per una volta, fosse desiderata per ciò che era. Non per il sesso. Non per il suo bel viso. Non aveva bisogno di comportarsi in maniera selvaggia per attirare l'attenzione o dar poca importanza a qualcosa di serio.

Quegli uomini – mutanti – volevano Lyssa proprio per come era. Non doveva dimostrare loro niente, proprio come io non dovevo dimostrare niente a Johnny.

A lui non importava che fossi quella tranquilla. Quella mansueta.

«Io non ho detto a Rob di essere dell'FBI,» disse Willow. «Ho perfino finto di essere Natalie.» Girò la testa e guardò Rob. «Lui non mi aveva detto di essere un mutante. Tutti i fratelli Wolf hanno dovuto mentire e mantenere dei segreti con le loro compagne. Sembra un cane bastonato...» Fece l'occhiolino al proprio compagno usando le parole di Lyssa. «Perché la storia delle gemelle è sfuggita a tutti.»

Rob si passò una mano sul collo. Gli prudeva o era un segnale di disagio? Non pensavo che l'avrei mai scoperto.

«La nostra compagna verrà con noi sulle terre del nostro branco nel Wyoming domani,» disse Travis, interrompendo i miei pensieri.

Rob scosse la testa. «Siete i benvenuti a restare qui tutto il tempo che volete.» Spostò lo sguardo tra me e Lyssa. «Le differenze tra voi due sono palesi, adesso.»

Non ero certa che fosse un complimento o meno.

«Oddio! Adoro il fatto che tu sia una gemella!» esclamò Marina, venendo ad abbracciarmi. Sapeva di vaniglia. Non ero certa che sapesse chi stesse abbracciando, me o Lyssa, ma forse trovarmi tra le braccia di Johnny rendeva la risposta palese.

Con lei c'era Wes, che teneva per mano una bambina piccola. Non stava sorridendo come Marina. La bambina spostava lo sguardo tra di noi con due occhioni spalancati, forse non avendo mai visto delle gemelle omozigote prima di allora. Io le rivolsi un piccolo cenno di saluto con le dita.

«Lei è mia sorella Lyssa.» Presentai Marina e Wes e gli uomini si strinsero la mano.

«Forza,» disse Marina prendendo Lyssa per mano. «Colton e Boyd stanno per accendere il falò. Andiamo a ingannare qualcuno.»

Lyssa non mi guardò nemmeno, ma alzò lo sguardo sui suoi due altissimi e burberi compagni. Cercava il loro permesso? Quando loro annuirono, lei sorrise radiosa e venne trascinata via da Marina.

Knox e Travis si misero a parlare con Wes di blasofagi del pino e di un qualche degrado degli alberi.

«Starà bene,» mi sussurrò Johnny all'orecchio.

«Vanno bene per lei?» sussurrai io di rimando. «Cioè, non l'ho mai vista... portare rispetto a un uomo, figuriamoci a due.»

«Non le daranno altro che ciò di cui ha bisogno.» Mi sfregò il naso lungo il collo, facendomi venire la pelle d'oca. «Proprio come io darò a te ciò di cui hai bisogno. Dimmi, compagna, di che cos'è che hai bisogno stanotte? Delle manette? Mmh,» mormorò. «Magari te le metterò, così che tu rimanga col culo per aria, mani e gambe bloccate.»

Non riuscivo a immaginare cosa stesse dicendo a parte *culo per aria*.

«Magari hai bisogno del mio cazzo nel culo.»

Mi dimenai. Avevamo usato il plug abbastanza da

sapere per certo che mi piacesse. Ma il suo cazzo dentro di me? Lì?

La fessura mi si contrasse all'idea.

Johnny ridacchiò. «Attenta, compagna. Sento già l'odore della tua eccitazione.»

Io mi sporsi contro di lui. Qualunque avventura avesse avuto in serbo per me, sapevo che sarebbe stata incredibile.

Ancora più incredibile era il fatto che saremmo stati insieme per sempre. Come una coppia sposata, ma ancora più legata. Non c'era possibilità di divorzio.

«Dovremmo trovarti un anello,» mi lasciai sfuggire, tornando alla mia domanda di come potessi marchiarlo io. Se tutti i mutanti potevano sentire il suo odore su di me, io volevo che ci fosse qualcosa che dicesse a tutte le femmine che anche lui era impegnato.

Johnny ridacchiò. «Mi stai chiedendo di sposarti, Emma?»

Io risposi al suo sorriso. «Sì, suppongo di sì. Voglio che tu porti il mio anello. Così che le altre donne sappiano che sei impegnato.»

«Ne sarei onorato, cazzo, piccola.» Si portò le dita alle labbra e fischiò così forte che mi premetti le mani sulle orecchie. «Ehi, tutti quanti! Abbiamo un annuncio da fare! Emma mi ha appena chiesto di sposarla!»

Alcuni dei mutanti più giovani sembravano confusi – immaginai perché il matrimonio non faceva parte della loro cultura – ma il resto della folla rise ed esultò.

Lui sollevò il dorso della propria mano destra per aria. «Le ho detto di mettermi un anello al dito.»

«È l'altra mano, Beyoncé.» Colton gli diede uno scappellotto e Johnny abbassò la mano e mi avvolse tra le braccia, facendomi roteare fino a farmi sollevare le gambe dietro di me.

Io risi, la testa che mi girava quando mi rimise giù.

«Lo voglio,» disse Johnny, abbassando le labbra per rivendicare le mie.

«Lo voglio anch'io.»

Ero follemente innamorata. Pronta a passare il resto della mia vita col cowboy figo che avevo conosciuto solo una settimana prima.

A quanto pareva, credevo *davvero* nel destino.

L'AUTORE VANESSA VALE

Vanessa Vale, una besteller USA Today, scrive storie d'amore seducenti con ragazzacci insolenti che non solo si innamorano, ma lo fanno di brutto. I suoi libri hanno venduto più di un milione di copie. Vive nell'America occidentale, dove trova sempre l'ispirazione per un nuovo racconto. Per quanto non sia tanto abile nell'utilizzo dei social media quanto i suoi figli, adora interagire con i lettori.

L'AUTORE RENEE ROSE

L'autrice oggi bestseller negli Stati Uniti Renee Rose ama gli eroi alfa dominanti dal linguaggio sboccato! Ha venduto oltre un milione di copie dei suoi romanzi bollenti, con variabili livelli di erotismo. I suoi libri sono comparsi su *USA Today's Happily Ever After* e *Popsugar*. Nominata *Migliore autrice erotica da Eroticon USA* nel 2013, ha vinto come autrice antologica e di fantascienza preferita dello *Spunky and Sassy*, come miglior romanzo storico sul *The Romance Reviews* e migliore coppia e autrice di fantascienza, paranormale, storica, erotica ed ageplay dello *Spanking Romance Reviews*. È entrata cinque volte nella lista di *USA Today* con varie antologie.

Iscrivetevi alla newsletter di Renee per ricevere scene bonus gratuite e notifiche riguardo a nuove pubblicazioni!

https://www.subscribepage.com/reneeroseit

TUTTI I LIBRI DI VANESSA VALE IN LINGUA ITALIANA

Clicca qui!

o vai a:

http://vanessavaleauthor.com/v/IIn

ALTRI LIBRI DI RENEE ROSE

https://reneeroseromance.com/italiano/

Wolf Ranch

Brutale

Selvaggio

Animalesco

Disumano

Feroce

Spietato

Primitivo

Vigoroso

Due Segni

Indomita (gratuito)

Tentazione

Deseada

Sedotta

Gli alfa di montagna

Eroe

Ribelle

Guerriero

Alfa ribelli

Tentazione Alfa

Pericolo Alfa

Un premio per l'Alfa

Una Sfida per l'alfa

Obsession Alfa

Desiderio Alfa

Guerra Alfa

Missione Alfa

Tormento Alfa

Segreto Alfa

La Preda dell'Alfa

Il sole dell'Alfa

Sangue Alfa

La luna dell'Alfa

Giuramento Alfa

La vendetta dell'Alfa

Fuoco Alfa

Salvataggio Alfa

Ordine Alfa

I lupi di Wall Street

Grande capo cattivo – Mezzanotte

Grande capo cattivo – Il folle della luna

Grande capo cattivo - La marchiata

Grande capo cattivo: Gli accoppiati

Wolf Ridge High

Alfa Bullo

Alfa Cavaliere

Fratellastro Alfa

Re Alfa

Bastardo alfa

I peccati di Chicago

La tana dei peccati

Radicato nel peccato

Uomo d'onore

Non provocarmi

Non tentarmi

Non costringermi

Dominami - la serie

Padrone reale

Sì, dottore

Padrone russo

Padrone marine

I suoi due padroni

Il padrone della segreta

Padrone di fuoco

Chicago Bratva

Preludio

Il direttore

Il risolutore

Posseduta

Il sicario

Il soldato

L'Hacker

L'allibratore

Il pulitore

Il playboy

Il guardiano

Vegas Underground

King of Diamonds

Mafia Daddy

Jack of Spades

Ace of Hearts

Joker's Wild

His Queen of Clubs

Dead Man's Hand

Wild Card

Padroni di Zandia

La sua Schiava Umana

La Sua Prigioniera Umana

L'addestramento della sua umana

La sua ribelle umana

La sua incubatrice umana

Il suo Compagno e Padrone

Cucciolo Zandiano

La sua Proprietà Umana

La loro compagna zandiana (gratuito)

Le spose zandiane

Notte degli zandiani

Comprata dagli zandiani

Dominata dagli zandiani

Luci zandiane: il romanzo della festa aliena

Trattenuta dallo zandiano

Reclamata dallo zandiano

Rubata dallo zandiano

Salvata dallo zandiano

www.ingramcontent.com/pod-product-compliance
Lightning Source LLC
Chambersburg PA
CBHW060241100726
47907CB00003B/729